grafit

Mehr von Ria Klug im Grafit Verlag:
Die Vollpfostenmasche. ISBN 978-3-89425-451-3

Chemnitzer Str. 31, 44139 Dortmund
Internet: http://www.grafit.de
E-Mail: info@grafit.de

Umschlaggestaltung: Nele Schütz Design unter Verwendung von shutterstock/Kynata (Blätter), Rihardzz (Spa), Lamyai (Goldfisch)
Druck und Bindearbeiten: CPI – Clausen & Bosse, Leck
ISBN 978-3-89425-574-9
1. 2. 3. / 2019 18 17

Ria Klug

Vollpfostenfango

Ein Kurort-Desaster

Kriminalroman

grafit

Ria Klug kam 1955 in Mittelhessen zur Welt. Nach einem Vordiplom in Geisteswissenschaften und einer Tischlerlehre war sie zwanzig Jahre lang selbstständig und nahm zugleich ein Aufbaustudium an der Kasseler Werkakademie für Gestaltung auf. Seit einigen Jahren verfasst und spricht sie auch Kolumnen über Genderthemen für ein freies Berliner Radio. Sie lebt mit Frau und Kind in Berlin.

www.riaklug.de

Hantsch zog den Kopf zwischen die Schultern. Was sollte das? Der Chef bat für gewöhnlich zum Rapport, wie es so hinterhältig höflich ausgedrückt wurde. Diesmal jedoch kam er mit einem milden Lächeln um den Mund in Hantschs Büro, sagte »Bleiben Sie sitzen, Torsten« und wollte übers Wetter plaudern. So betont locker und informell, da war doch was faul.

Erstens erstickte der Chef laut eigener Aussage an einem Übermaß an Aufgaben und zweitens hatte Hantschs Mutter Hantsch stets eingetrichtert, Menschen seien wie sie seien. Wären sie plötzlich freundlich statt grantig wie gewöhnlich, führten sie etwas im Schilde. Deswegen helfe es überhaupt nicht, wenn Hantsch Mithilfe im Haushalt anbot. Das bedeute lediglich, er habe entweder ein Glas runtergeworfen oder dem Gartenzwerg die Schippe weggenommen. Ein aufrechter Charakter versuche nicht zu verschleiern, sondern stünde zu seiner Missetat und bitte demütig um seine Strafe.

»Herrlich, diese Sonne. Da kommt das bunte Laub so richtig zur Geltung«, sagte der Chef, mit einer Hand in der Hosentasche vor dem Fenster stehend, den Blick auf die umliegenden Höhen des Harzes gerichtet. »Es soll doch so bleiben, oder?«

Hantsch spürte, wie ihm der Schweiß ausbrach. Sollte er etwa neuerdings für die Wettervorhersage zuständig sein und hatte es nicht bemerkt? Er wünschte, er hätte sein Sakko abgelegt.

»Ich bin da nicht ganz informiert«, murmelte er.

»Doch, doch, die ganze Woche«, meinte der Chef, während er sich umdrehte, einen Stuhl zurechtrückte und Anstalten machte, sich niederzulassen.

»Aha.« Hantsch schluckte schwer. »Erfordert das verwaltungstechnische Maßnahmen unsererseits? Die werde ich sofort einleiten …«

Der Chef lachte auf. »Haha, der war gut, Torsten. Wir könnten Sonnenschirme ausgeben, dann haben unsere Kurgäste auf jeden Fall einen Schatten.«

Hantsch schwieg.

Ihm war nicht ganz klar, warum der Chef lachte. Es schien, als fände er die Sache mit den Sonnenschirmen spaßig oder gar lächerlich. Dabei behauptete er bei jeder sich bietenden Gelegenheit, die Kurverwaltung müsse alles tun, um mehr Gäste nach Bad Gruntz zu locken. Jede Idee sei willkommen und würde vorurteilslos geprüft.

Stille trat ein und Hantsch schwitzte vor sich hin, was nicht nur an der noch recht tief stehenden Sonne lag. Er wäre lieber alleine gewesen.

Der Chef räusperte sich. »Ich wollte mit Ihnen eine Angelegenheit besprechen, Torsten«, sagte er langsam. »Die ist vielleicht etwas, wie soll ich sagen, etwas verzwickt.«

Hantsch griff nach dem Locher. Ein Schilderhersteller bot Wegweiser zu öffentlichen Toiletten an.

»Leichtmetall oder Kunststoff, das ist hier die Frage«, murmelte Hantsch.

»Was?«, fragte der Chef.

»Das heißt *Wie bitte?*«, meinte Hantsch reflexartig.

»Wie bitte?« Der Chef sah ihn mit hochgezogenen Augenbrauen an.

»Wegen des steigenden Alters der Kurgäste werden sie überall gebraucht. Das Angebot muss zum Einheften in die Laufmappe gelocht werden«, haspelte Hantsch beflissen.

»Ich habe Ihren Antrag auf meinem Schreibtisch liegen«, sagte der Chef.

Der Locher biss knackend zu.

»Sie haben erst kürzlich Urlaub gehabt und wollen schon wieder? Und das ohne exaktes Datum? Normalerweise wissen meine Mitarbeiter, wann sie Urlaub nehmen wollen.«

Hantsch sah kurz auf. Der Chef betrachtete ihn mit gerunzelter Stirn.

»Wenn …« Hantsch brach ab. »Vorher muss ich …«, versuchte er es noch einmal.

Der Chef rückte seinen Stuhl näher an den Schreibtisch heran und beugte sich weit vor. »Sie können ganz offen mit mir reden, Torsten. Ich will auch ganz offen zu Ihnen sein. Vorgestern habe ich ein höchst interessantes Telefonat mit einem Hauptkommissar Triller geführt. Er hat mich über Sie ausgefragt und mir ein paar spannende Einzelheiten über Ihren Urlaub erzählt.«

Ein Hustenanfall schüttelte Hantsch. Er ließ sich viel Zeit, um eines seiner sorgfältig gebügelten klein karierten Stofftaschentücher aus der Hosentasche zu zupfen.

Da war es wieder. Hantsch hätte den Feuerlöscher, den er auf Amrum am Strand gefunden hatte, einfach liegen lassen sollen. Aber nein, er hatte sich in Strandräubermanier über den unverhofften Fund gefreut und ihn unter Mühen mitgeschleppt. Nur um später mithilfe Petter Jensens vom Löscherservice herauszufinden, dass der Behälter statt sechs Kilo Löschpulver sechs Kilo Kokain in Päckchen enthielt. Oder Schnee, wie das von Rauschgiftfreunden gerne genannt wurde. Von da an regierte nur noch die Habgier und die hatte einigen Menschen das Dasein gründlich vermiest. So gründlich, dass sie Sonja von der Tierkörperbeseitigung hatten rufen müssen und ihnen die Polizei nachstellte. Hörte das denn gar nicht mehr auf?

Als Hantsch sich den Mund abgewischt hatte, sah er auf, streifte den neugierigen Chefblick nur notgedrungen, konzentrierte seine Aufmerksamkeit stattdessen auf das linke Ohr seines Vorgesetzten. Im hellen Licht wirkte die Muschel rosa durchscheinend und jedes Härchen trug eine Korona.

»Sie haben ganz schön viel erlebt«, fuhr der Chef fort, als Hantsch beharrlich schwieg. »Steht Ihr Urlaubsantrag in irgendeinem Zusammenhang damit?«

Touché! Hantsch blieb die Luft weg und er musste hecheln. Was wusste der Chef? Etwa, dass Hantsch mit Sonja auf die Malediven wollte? Nachdem sie das Rauschgift, ähm, den Schnee, endlich verkauft hätten.

Der Locher biss noch mehrmals zu, obwohl Hantsch ihn wegen seiner schweißnassen Hände kaum festhalten konnte. »Ich … bin erschöpft und brauche eben Urlaub. Mein letzter war nicht so … erholsam«, murmelte er und stanzte das Blatt weiter aus.

»Das vermute ich auch, nach allem, was ich gehört habe«, sagte der Chef. »Eine unangenehme Geschichte, in die Sie da hineingeraten sind. Eigentlich darf ich Ihnen das gar nicht erzählen. Aber *quid pro quo:* Der Kommissar wollte von mir wissen, ob Sie meiner Meinung nach dazu fähig seien, ein ausgeklügeltes Verbrechen zu begehen. Natürlich habe ich Nein gesagt. Das war doch in Ihrem Sinne, nicht wahr?«

»Wie Sie meinen«, erwiderte Hantsch schleppend. Er zog das Blatt aus dem Locher. Es würde schwierig werden, es abzuheften, so zerschossen wie es nun war.

»Obwohl ich Sie für ein stilles Wasser halte«, fügte der Chef leise und eindringlich hinzu.

Hantsch schwieg. Er drehte den Locher und stellte fest, dass der Auffangbehälter geleert werden musste. Er knibbelte an der Kunststoffabdeckung, die nur schwer abzunehmen war.

Der Chef beugte sich noch weiter über den Schreibtisch. »Ich will die Wahrheit wissen: Haben Sie den Feuerlöscher mit dem Rauschgift oder haben Sie ihn nicht?« Seine Stimme hatte er zu einem Zischen komprimiert.

Hantsch zuckte zusammen. Dabei löste sich der Deckel des Behälters. Der Versuch, den Locher vor dem Absturz zu bewahren, beförderte ihn auf die Schreibtischplatte, wo er, Konfetti speiend, am Chef vorbeiholperte, um auf der anderen Seite hinabzustürzen und auf den Boden zu knallen. Hantsch betrachtete entsetzt, wie die Schnipselwolke sich setzte. »Entschuldigung«

»Ich bleibe dabei«, knurrte der Chef. »Den Clown spielen Sie bloß. Das tun Sie sehr geschickt, dafür bewundere ich Sie. Nein, nein, wirklich, Sie haben Talent. Aber mich können Sie nicht täuschen. Seit fünfzehn Jahren mache ich diesen Job und kenne die Belegschaft. Mir macht keiner was vor.«

Ein leichter Brandgeruch stieg in Hantschs Nase. Hinter dem rosafarbenen Ohr des Chefs kräuselte sich ein Rauchfaden, der von dessen Jackenschulter aufstieg.

»Mir können Sie es ruhig sagen. Ich könnte Ihnen helfen.« Mit diesen Worten lehnte sich der Chef zurück. Der Rauchfaden wurde feiner, dann riss er ab.

Hantschs Blick fiel auf das Glasprisma, das er von seiner Mutter geerbt hatte. Es schillerte auf der besonnten Fensterbank hinter dem Chef und lieferte eine mögliche Ursache für den Brandgeruch.

Es konnte aber auch sein, dass der Chef ein Cyborg war, kam Hantsch in den Sinn. Er hatte vor einiger Zeit einen Roman gelesen, in dem Androiden und Cyborgs die Menschheit unterwanderten. In diesen Monstren arbeitete jede Menge Elektronik, da konnte es sicher hin und wieder zu Überlastungen und Kurzschlüssen kommen.

»Sie sollten mich nicht für einen gefühllosen Apparatschik halten«, sagte der Chef. Er beugte sich wieder vor. »In mir schlägt ein mitfühlendes Herz, das können Sie mir glauben. Ich will Ihnen wirklich helfen. Sie haben Schlimmes erlebt, wie ich gehört habe. Die toten Rauschgifthändler und die Polizeiverhöre … Das war sicher hart. Ich könnte den Feuerlöscher mit dem Zeug übernehmen, es wird Ihr Schaden nicht sein. Sie haben ihn doch, nicht wahr, Torsten?« Er hielt inne und starrte Hantsch forschend an. Von seiner Jackenschulter stieg ein neuer Rauchfaden auf und der Brandgeruch wurde stärker.

»Da … da …«, stotterte Hantsch.

»Keine Antwort ist auch eine Antwort, aber lassen Sie sich Zeit«, sagte der Chef. Er schob den Stuhl zurück und erhob sich. »Überlegen Sie sich meinen Vorschlag. Ich möchte Sie vor Ungemach bewahren. Warten Sie bloß nicht zu lange, irgendwann rückt Ihnen die Polizei auf die Pelle. Wir reden morgen noch darüber. Dieses Gespräch bleibt jedenfalls unter uns.«

Er wandte sich zum Gehen. Auf seiner Jacke erblickte Hantsch einen zart qualmenden, runden Fleck, von Farbe und Größe eines Schokokekses. In der offenen Tür blieb der Chef kurz stehen.

»Nicht vergessen, wir treffen uns in einer Stunde im Kurhausfoyer. Wir haben einen Termin mit dem Generalunternehmer. Bringen Sie die Liste der fehlenden Ausstattungen mit. Außerdem sollten Sie lüften. Es riecht hier irgendwie verbrannt.«

Erst nachdem die Schritte des Chefs verklungen waren, konnte Hantsch wieder einen klaren Gedanken fassen. Die Quintessenz dieses Gedankens war, dass er dringend nach Hause musste. Er hatte nicht damit gerechnet, dass die Polizei ihn immer noch im Visier haben könnte. Deswegen hatte er wenig unternommen, um Feuerlöscher und Schnee möglichst zielführend zu verstecken. Es lag auf der Hand, dass sich das so schnell wie möglich ändern musste.

Er dachte krampfhaft darüber nach, welcher Dienstgang ihn aus der Kurverwaltung führen könnte. Es gab jedoch nichts zu tun, außer die Angebote für die Schilder zu vergleichen und eine Empfehlung für den Chef zu schreiben.

Hantsch überlegte kurz, ob er das Konfetti aufsammeln und in den Abfall werfen müsste, entschied sich dann schweren Herzens dagegen und machte sich an die Arbeit. Die Stunde würde gerade so reichen und er musste noch alle nötigen Unterlagen zusammensuchen.

Überhaupt, was wollte der Chef eigentlich? Wollte er wirklich einfach nur helfen oder war er scharf auf das Geld?

*

Überpünktlich stand Hantsch im Foyer des Kurhauses. Die Aktenmappe unter den Arm geklemmt, wartete er auf den Chef und den für das Umbauen der oberen Etagen zuständigen Generalunternehmer.

Dringend nötig war es gewesen, dass dieser Bau aus den Siebzigern mit einem zeitgemäßen Anwendungsbereich ausgestattet wurde und die dunkle Fassade ein freundlicheres Aussehen erhielt.

Aus unerfindlichen Gründen waren die Arbeiten ins Stocken geraten und mehrfach hatte der Generalunternehmer, ein ehemaliger Schulkamerad Hantschs, der inzwischen die Firma seines Vaters leitete, wegen unvorhergesehenem Mehraufwand Nachzahlungen angefordert. Irgendwann war dem Chef der Kragen geplatzt. Zuerst hatte er den Architekten einen unfähigen Nichtsnutz genannt und hinausgeworfen. Die Bauleitung hatte er danach selbst in die Hand genommen. Die Ansicht, dass der Umbau nun endlich reibungslos liefe, vertrat der Chef exklusiv.

Da nun die Zeit drängte und eine schier unendliche Menge an kleineren Arbeiten der Ausführung harrte, hatte der Chef eine Konferenz vor Ort einberufen. Hantsch war als akribischer Sachwalter aller denkbaren Kinkerlitzchen dabei unabdingbar.

Manchmal spürte er einen unbestimmten Verdruss darüber, dass ihm keine größeren Aufgaben zugetraut wurden. Sein einziger Trost war eine anstehende größere Transaktion, die er schon seit dem Urlaub in Angriff nehmen wollte. Schade nur, dass sie diskret geschehen musste und seinen Ruf höchstens in homöopathischen Dosen steigern würde. Schnee zu verkaufen, stieß nicht überall auf Verständnis. Hatte er aber erst einmal den Erlös in der Tasche, sah die Sache schon anders aus.

Hantsch kam sich zwischen den Kurgästen etwas fehl am Platz vor, die teils im Bademantel durch die Halle schlurften, auf dem Weg in das oder aus dem Solebad. Wie historische Landkarten beschrieb nackte Beinhaut das Alterssegment ihrer Besitzer.

Hantsch hatte gelegentlich seine Mutter in das Bad begleiten müssen, wenn sie in einem Anfall von Gesundheitswahn mal wieder beschloss, sich etwas Gutes zu tun. Glücklicherweise hielten diese Phasen nie lange an, sondern wichen schnell der Erkenntnis, dass Nahrungsaufnahme für den nötigen Zusammenhalt von Körper und Seele wichtiger sei. Ein Effekt, der durch entsprechende Mengen nahezu unbegrenzt intensiviert werden könne, wie seine Mutter Hantsch gern in schlichten Worten erklärte, bevor sie ihn zum Einkaufen schickte.

»Torsten! Los, was stehen Sie da herum und träumen? Wir haben zu tun!«

Vor Schreck ließ Hantsch die Mappe mit den Papieren fallen. Er hatte nicht bemerkt, dass der Chef mit dem Generalunternehmer das Foyer betreten hatte.

»Sehen Sie sich das an, Herr Schneller«, meinte der Chef. »Mit solchen Leuten muss ich den Betrieb am Laufen halten. Glauben Sie mir, die Kurverwaltung ist nichts anderes als ein mittelständisches Unternehmen. Aber ich kann nicht die Leute einstellen, die ich gerne hätte und brauche, damit der Laden brummt. Stattdessen … ja, Sie sehen es ja.«

Schneller lachte. »Sie brauchen mir nichts zu erzählen, Herr Gieseking. Ich kenne Torsten. Wir waren zusammen in der Schule.«

»Ach Gott«, sagte der Chef. »Das wusste ich gar nicht. Für die Lehrer muss das noch schlimmer gewesen sein.«

»Oh, da sagen Sie was.« Schneller wieherte laut. »Wir hatten immer was zu Lachen, dafür hat Torsten gesorgt. Nicht wahr, Torsten?«

Hantsch sah nicht auf. Stattdessen kroch er weiter über die Fliesen und sammelte Papiere ein. Mit wachsendem Groll. Er stopfte die letzten Blätter in die Mappe, erhob sich und schritt zur Treppe. »Können wir?«

»Hast du auch alles, Torsten?«, fragte Schneller. »Dahinten liegt noch Papier. Gehört das nicht zu deinen Unterlagen?«

Hantsch drehte sich in die angegebene Richtung. Schnellers Zeigefinger zielte auf eine zerfledderte Zeitung.

»Ich habe vor allem die Listen mit den noch fehlenden Arbeiten«, erwiderte Hantsch nüchtern. »Die sollten wir mal durchgehen. Das ist vielleicht nicht so lustig wie in der Schule, aber notwendig.«

»Oha, jetzt so förmlich?« Schneller versuchte sich an einem abschätzigen Grinsen.

Hantsch hob das Kinn. »Was ist daran falsch? Die Form zu wahren, gehört zu den vornehmsten Manieren. Das gilt auch für einen Bauunternehmer.«

Hantsch bemerkte, wie Schneller und der Chef einen Blick wechselten.

»Bringen wir's hinter uns«, brummte der Erste und nahm die Treppe in Angriff.

Der Generalunternehmer folgte ihm eilig.

Gemessenen Schrittes schritt auch Hantsch die breiten Stufen hinauf.

Er fragte sich, ob er mit seiner Bemerkung zu weit gegangen war. Aus der gemeinsamen Schulzeit wusste er noch, dass Alexander Schneller, genannt Ali, ein von Stil und Höflichkeit unbelasteter Vertreter des ungehemmten Herziehens über uncoole Mitschüler gewesen war. Aber schon damals hatte ihm höchstens durch energischen Einspruch Halt geboten werden können.

Der Eingang zu dem Praxistrakt des Kurhauses war mit rot-weißem Absperrband markiert. Die Türen fehlten allerdings. Weißer Staub, durchbrochen von einem dichten Muster aus Schuhabdrücken, bedeckte den Boden.

»Warum wird hier heute nicht gearbeitet?«, fragte der Chef mit leicht gerunzelter Stirn.

Schneller stemmte die Hände in die Hüften. »Die alten Bodenbeläge müssen erst entsorgt werden. Die sind asbesthaltig und da braucht's einen qualifizierten Spezialisten.« Er zeigte auf einen Haufen geschredderter Kunststoffbodenplatten.

»Ach«, sagte der Chef. »Und wann passiert das?«

»Das muss beauftragt werden«, erwiderte Schneller.

»Wer kümmert sich darum?«

»Ich kann das machen, sobald ich eine Kostenübernahme vorliegen habe.« Der Generalunternehmer klang, als ginge es um die Frage, wie lange ein Viereinhalb-Minuten-Ei gekocht werden müsse.

»Natürlich übernehmen wir die«, sagte der Chef. »Torsten, sorgen Sie sofort dafür. Können Sie das ausnahmsweise schon vorab veranlassen, Herr Schneller? Wir hinken im Zeitplan furchtbar hinterher.«

»Klar«, meinte Schneller gönnerhaft. Er zog ein Smartphone aus der Jackentasche. »Markus? Nimm dir zwei Hanseln und komm rüber, den Dreck wegräumen. Ja, jetzt sofort. Das muss fertig werden.« Er steckte das Smartphone weg und sah zum Chef. »Was liegt sonst an?«

»Es fehlt noch so viel! Torsten, Sie haben die Liste.«

Hantsch zog ein Blatt aus den Unterlagen, legte es auf die Mappe und glättete es sorgfältig. »Steckdosen, Schalter und Lampen. Bodenbeläge und Fußleisten. Türen. Wannenarmaturen. Wandanstriche ausbessern. Dann die Einrichtungen, Tresen, Bestuhlung, Liegen und so weiter. Auch Schilder müssen montiert werden. Überall. Bestellt sind sie und sollten die nächsten Tage eintreffen …«

»Ja, ja, ja. So detailliert brauchen wir das jetzt nicht. Herr Schneller, wann können Sie das fertigstellen?«

»Zuerst muss nun mal der Asbestbelag verschwinden, vorher kann ich nicht verantworten, dass meine Leute hier tätig sind. Die Fürsorgepflicht, nicht wahr?«

»Verstehe«, sagte der Chef düster.

»Aber die Installationen abzuschließen, ginge schon, meinst du nicht?«, sagte Hantsch.

»Also wie gesagt, erst muss der Kram weg. Dann könnte ich Überstunden anordnen. Aber das kostet. Ich müsste Nachforderungen geltend machen …«

»Ja, ja, ja«, rief der Chef wieder. »Hauptsache, das wird fertig. Wir haben die Verträge mit den Betreibern schon terminiert.«

»Warum fehlen eigentlich Wannenarmaturen? Die Waschbecken sind fast alle komplett, aber die Wannen nicht, und die Technik vom Whirlpool fehlt auch.«

»Was?« Schneller strich sich über den Kopf. Auf einmal wirkte er nervös.

»*Wie bitte?* heißt das. Da fehlt einiges«, sagte Hantsch. »Komm, ich zeige es dir.«

Er bahnte sich einen Weg durch Stapel aus Baumaterialien, Kartons und Gipsplattenresten.

»Schau mal.« Hantsch deutete im Nassbereich auf den erhöhten Sockel, auf dem der Whirlpool ruhte. Hier gab es auch Wannen und Becken für Schlammpackungen sowie Duschen gegen Schlammpackungen.

Schneller sah sich um. »Ach du Scheiße, das war doch schon …«

»Genau. Laut Abschlagszahlung vom Sechsundzwanzigsten sollte das alles längst geliefert und montiert sein.« Hantschs anklagender Tonfall hallte besonders laut zwischen den gefliesten Wänden wider.

Schneller machte abwiegelnde Handbewegungen und zog dann sein Smartphone. »Markus? Wo steckst du? Ich brauche dich hier. – Ach ja?«

Mit einem Handy am Ohr betrat ein Mann den Nassbereich. »Wo bist du?«, sprach er hinein.

»Im Nassbereich. Wir haben ein Problem.«

»Bin auch im Nassbereich …«

Hantsch zupfte den Generalunternehmer am Ärmel, damit der sich umdrehte.

»Verdammt«, rief Schneller, »sag doch, dass du da bist!«

Der Mann brummte irgendwas, steckte das Handy weg und kam heran. »Was ist denn so wichtig?«

»Wo sind die Armaturen geblieben? Laut Stundenzettel waren die komplett montiert. Oder hat Bennicksen mir Schmu aufgeschrieben?«

Der Mann kratzte sich am Kopf. »Keine Ahnung.« Er klang völlig entspannt.

»Das gibt's doch nicht! Du bist der Bauleiter, du musst das wissen.«

»Mensch, Alex, ich kann hier nur Bauleiter sein, wenn ich auch hier eingesetzt werde. Ich war mindestens vier Wochen nicht mehr …« Der Mann hielt inne.

Hantsch schrieb es dem hektischen Händewackeln zu, das Schneller produzierte.

Der Genaralunternehmer drehte sich halb zum Chef. »Ein Missverständnis. Markus ist bei einem weiteren Projekt Bauleiter, aber dieses hat selbstverständlich Vorrang. Überhaupt, kennen Sie Markus? Also Herrn Sprinkler. Er ist mein Schwager.«

Sprinkler und der Chef schüttelten Hände, wobei der Chef irgendwas von »Sehr angenehm«, »Tüchtig, tüchtig« und »Schön, dass ich mal jemanden vom praktischen Gewerk kennenlerne« faselte.

»Aber die Armaturen fehlen«, sagte Hantsch laut.

»Ja, ja, machen Sie doch nicht so ein Drama daraus, Torsten. Das wird sich sicher aufklären.«

»Die sind schon berechnet worden. Sehr hochwertige Ware«, schob Hantsch nach.

Der Chef explodierte. »Jetzt hören Sie endlich auf mit Ihrer dauernden Korinthenkackerei. Hier geht's um wichtige Weichenstellungen für das neue Gesundheitszentrum. Mit Ihrer kleingeistigen Buchhaltermentalität stemmen wir das nicht!«

Hantsch erstarrte. Er spürte, wie er rot wurde. Das letzte Mal war er so gedemütigt worden, als er sich mit seiner Klassenkameradin Julia verabredet hatte, um ihr ein Eis auszugeben. Er wurde erwischt, als er gerade »Stracciatella, Vanille, Schoko« sagte, Julias Bestellung.

»Du ungezogener Bengel willst hier den Zampano in Spendierhosen spielen«, hatte seine Mutter lauthals verkündet. »Das kommt überhaupt nicht infrage. Stubenarrest und vier Wochen kein Taschengeld, damit du lernst zu sparen. Mitkommen!«

»Hier ist das Eis, Sie müssen noch bezahlen«, hatte der Verkäufer ihnen nachgerufen und von Hantschs Mutter ein »Strauchdieb, der Kindern das Geld für unnützen Tand aus der Tasche zieht« geerntet.

Daran fühlte Hantsch sich jetzt erinnert. Er wusste nicht, wie er reagieren sollte. Aber so konnte es nicht weitergehen. Er hatte Attacken von Rauschgifthändlern überstanden und der Polizei die Stirn geboten. Seinen unfreiwilligen Geschäftspartner hatte er mit einem kleinen Kniff ausgebootet und nun sollte er sich öffentlich vom Chef in den Senkel stellen lassen?

»Nun, ein Buchhalter mit detaillierter Sachkenntnis ist hier offenbar überflüssig«, sagte Hantsch, klappte seine Mappe zu und schob sich an Sprinkler vorbei hinaus. Dabei sah er stur geradeaus.

»Torsten, so bleiben Sie doch! Legen Sie bitte nicht jedes Wort auf die Goldwaage«, rief der Chef ihm hinterher.

Hantsch reagierte nicht, sondern stolzierte wie auf Autopilot davon. Doch er kam nicht weit. Ein Hindernis verstellte ihm den Weg. Überraschend. Hantsch stolperte und stürzte in den Haufen aus asbestverseuchtem Bodenbelag.

Gelächter brandete auf.

»Hoppala«, rief jemand. Ein anderer: »Augen auf!«

Hantsch mühte sich auf die Beine. Der Staub aus dem Haufen kratzte in seiner Kehle und erzeugte einen fast unwiderstehlichen Hustenreiz. Hantsch unterdrückte ihn so angestrengt, dass ihm Tränen in die Augen traten.

»Räumt das weg«, raunzte er die beiden Männer in Arbeitskleidung an, die das Hindernis in Form von gefüllten Abfallsäcken in den Weg gestellt hatten und nun nicht aufhören konnten zu lachen.

*

Der Weg durch den Kurpark war eigentlich Hantschs Lieblingsstrecke. Er fühlte sich dort normalerweise so, wie sich ein Gutsbesitzer fühlen musste, wenn er über seine Ländereien wanderte. Stets ein Auge offen für notwendige Maßnahmen, zu denen er sich geistige Notizen machte, während er unerwünschten Subjekten wie rauchenden Jugendlichen vernichtende Blicke zuwarf. Bedauerlicherweise hatte der Chef Hantschs Vorschlag, ein paar Rauchverbotsschilder aufzustellen, abgelehnt.

Es musste dringend mit der Laubbeseitigung begonnen werden. Feuchte Blätter konnten tückisch sein und die mehrheitlich betagten Kurgäste legten Wert auf rutschfreie Gehwege. Wenn auch seit Tagen schönstes Herbstwetter herrschte, regnen würde es über kurz oder lang wieder. Da konnte der Chef kaum intervenieren.

Ach, der Chef ... Hantsch beschleunigte seine Schritte. Für die sich allmählich bunt färbenden Höhen des Harzes, die um Bad Gruntz aufragten und vom Kurpark aus bestens zu genießen waren, hatte er keinen Blick.

Der Gedanke, dass sein Chef einer gedeihlichen Arbeit in der Verwaltung im Wege stand, machte sich in Hantsch breit. Bisher hatte er sich nie überlegt, was wäre, wenn dieser Despot ebenso spurlos verschwände wie seine Mutter.

Obwohl ... spurlos war Hantschs Mutter nicht verschwunden. Sie geisterte immer noch durch seinen Kopf. Außerdem hatte sie ein Plätzchen auf dem Friedhof, ihren Grabstein hatte Hantsch mit einem blitzblanken Hinweisschild geschmückt. *Du gingst, ich blieb.* Wie viel Poesie doch in seiner Kreation steckte. Von der Wahrheit ganz zu schweigen.

Am Fuß der Steigung verließ er den Kurpark und bog in die Kötelberger Straße ein. Die ersten Meter waren die steilsten und Hantsch keuchte.

An der Stelle, wo ein Wanderweg zum Weltwald Harz abzweigte, blieb er stehen. Jemand hatte das Hinweisschild mit der Wanderkarte als Dartscheibe benutzt. Oder als Zielscheibe für Schrotschüsse. Hantsch machte sich eine geistige Notiz. Der Umgang gewisser Subjekte mit öffentlichem Eigentum war himmelschreiend. Was Hantsch besonders störte, wenn es sich um Eigentum handelte, für das er verantwortlich war.

Manche Schilder wurden mit Farbe oder Tipp-Ex bearbeitet. Dann fragten Besucher, warum eine Straße *Am Hurpark* hieße oder *LEichendorffring* und was sich die Verwaltung dabei denken würde. Da war es ihm doch lieber, wenn Schilder einfach im Ganzen verschwanden.

Hantsch ließ die Fingerspitzen vorsichtig über die Kartenoberfläche gleiten. Schrotkörner konnte er in den Tiefen nicht erkennen. Dafür fanden sich Löcher sowohl im Rand des hölzernen Dachs, mit dem die Wegschilder ausgerüstet waren, als auch in den beiden Pfosten. Die meisten Löcher wies jedoch die Mitte der Wegekarte auf. Stellenweise saßen sie so dicht beieinander, dass manche Beschriftungen schwer zu erkennen waren.

Hantsch seufzte und wandte sich ab. Der Tag wurde gerade zu einem der besonders ätzenden Sorte.

Das fünfte Haus hangseitig stach aus der Reihe der Fünfzigerjahrebauten heraus, weil blitzblanke Schilder den schäbigen Jägerzaun gnädig bedeckten. Das *Bitte Klingeln* an der Gartenpforte ignorierte Hantsch.

Er stürmte hinein, an der Haustür vorbei und entriegelte das Garagentor. Es ließ sich nur mit großem Kraftaufwand und unter lautem Quietschen nach oben schwenken. Sonnenlicht fiel auf den braunen Opel Manta A, Hantschs ganzen Stolz.

Um an den Kofferraum zu gelangen, musste er sich zwischen Wagenflanke und Wand hindurchquetschen. Beim Bau der Garage hatte niemand mit einem Fahrzeug gerechnet, das wesentlich länger und breiter als ein Kabinenroller sein würde. Deswegen konnte er den Kofferraum nur öffnen, indem er sich von der Seite weit vorbeugte. Zwischen die hintere Wand und die Stoßstange passten lediglich ein paar alte Reifen als abfedernde Einparkhilfe.

Schnaufend hob Hantsch einen Karton heraus, auf dem ein farbenfroher Leuchtturm abgebildet war. Sein Anblick erfüllte Hantsch mit Wehmut. Dem Amrumer Wahrzeichen würde er in Zukunft fernbleiben müssen, nach allem, was ihm auf der Insel widerfahren war und nun sicher auch nachgesagt wurde.

Als Tarnung für den Feuerlöscher taugte der Karton allerdings wenig, wie Hantsch klar geworden war. Ganz im Gegenteil, der Verweis auf die Insel hatte wie der Leuchtturm selbst Signalcharakter.

Mit dem Karton auf dem Arm dämmerte dem Verwaltungsangestellten, dass er noch keine Idee hatte, wo er das schöne Stück verstecken könnte. Er schrappte erneut mit dem Hosenboden über den rauen Verputz und blieb dann im Sonnenlicht stehen.

Wohin bloß? Irgendwo in der Nähe, aber nicht auffindbar für Uneingeweihte, so müsste das Versteck sein.

Ratlos befühlte Hantsch den aufgescheuerten Stoff der Hose. Welch ein Glück, dass seine Mutter nicht mehr mitbekam, wie er mit seiner guten Garderobe umging. Mindestens eine Woche kein Nachtisch hätte ihm geblüht. Manchmal hatte ihm die Nachbarin in solchen Zeiten ein Stück Schokolade oder ein Bonbon zugesteckt.

Bei dieser Erinnerung formte sich eine Idee. Die einzige Schwierigkeit bei der Umsetzung schien Hantsch die Neugier der Nachbarn zu sein. Denn alle, die ein Lebensalter erreicht hatten, das sie zumindest von der Schulpflicht befreite, drückten sich so oft als möglich die Nasen an den Fenstern platt. Besonders straßenseitig.

Hantsch atmete tief durch und verließ die Garage. Ungeachtet des Lärms, schloss er das Tor und schlenderte pfeifend zur Haustür. Da er sowieso beobachtet wurde, wollte er so tun, als sei alles völlig normal. Er stieg die drei Stufen zur Eingangstür hinauf und klingelte.

Nach ein paar Augenblicken erinnerte er sich, dass ihm niemand öffnen würde. Seine Mutter hatte ihm nie einen eigenen Schlüssel überlassen und daher war das Klingeln an der Haustür in seinem vegetativen Nervensystem fest verankert. Häufig vergaß er sogar das Abschließen. Nur hatte die Mutter ihren Wirkungskreis inzwischen ortsfest auf den Friedhof verlagert und ihr häuslicher Einfluss schwand allmählich. Hantsch hatte sogar schon ein Auge auf eine Dame geworfen, was der beste Beweis für diesen Schwund mütterlichen Einflusses war.

Er setzte den Karton ab, zog den Schlüssel aus der Hosentasche und öffnete. Die Frage, ob er sich der Schuhe entledigen müsste, kostete ihn einen kurzen, aber heftigen inneren Kampf. Er hatte gestern erst frisches Zeitungspapier ausgelegt, so wie es ihm seine Mutter beigebracht hatte.

Hantsch musste tief durchatmen, bevor er auf Fußspitzen bis zur Terrassentür trippelte. Dort verließ er das Haus wieder und hastete die Treppen zum hinteren Ende des Gartens hinauf, wo er sich an der Kompostkiste vorbeidrückte, was seiner Hose den Rest gab. Dreihundertfünfzigtausend Euro, dachte er krampfhaft, dreihundertfünfzigtausend sollten ihn für alle Mühen und Verluste entschädigen.

Der Maschendrahtzaun zum Nachbargrundstück hing so schlaff, dass Hantsch sich darüberbeugen und den Karton in das Hanfgestrüpp und die Brennnesseln hinter der Gartenhütte nebenan versenken konnte.

Er richtete sich auf und blickte sich verstohlen um. Die alten Gärten waren völlig zugewachsen und er konnte niemanden entdecken, der ihn unerwünscht beobachtet haben könnte. Von der Straßenseite her bot sein Haus den perfekten Sichtschutz. Der Blick hinauf zum Mansardenfenster der Nachbarin offenbarte ihm die übliche von dort aufsteigende Qualmwolke.

Hantsch atmete auf. Das akute Problem schien fürs Erste gelöst.

Er quälte sich wieder am Kompost vorbei, drehte sich um und pflückte den Stofffetzen seiner Hose von dem Nagelkopf, der aus dem rissigen Holz herausragte. Leise vor sich hin schimpfend, stieg er die Gartentreppe hinab.

»Torsten!«

Hantsch fuhr zusammen. Diese Stimme war das Letzte, was er jetzt hören wollte. Er sah hinüber zum Zaun. Die Nachbarin stand dort in ihrer karierten Kittelschürze, zu ihren Füßen ein altgedienter Putzeimer.

»Guten Tag, Frau Seidler. Wie geht es Ihnen?«

»Gottchen, Torsten, sollst doch Hilde sagen. Blass siehst du aus, isst du denn genug Obst?«

»Äh …« Hantsch geriet ins Stottern.

»Ja, du vermisst deine Mama, gell, Bub?«

»Öh …« Diesem Gespräch, wie so vielen mit der Nachbarin, war Hantsch nicht gewachsen.

»Wart mal, ich hab einen Pudding gekocht. Den kannst du haben. Für die Enkelchen mach ich dann einfach einen Nusskuchen.« Frau Seidler wartete keine Antwort ab. Sie schlurfte davon.

Hantsch stand etwas ratlos am Zaun und sah auf die von Walnüssen übersäte Wiese rund um den Eimer.

»Torsten!«

Die Stimme des Chefs.

Hantsch fuhr herum. Er sah niemanden.

»Hier!«

Der Chef stand an der Hausecke. Offenbar hatte er sich den schmalen Weg zwischen Garage und Zaun entlanggezwängt und beobachtete Hantsch schon seit einiger Zeit.

»Was … ähm, wie bitte?«

Der Chef wedelte mit den Händen Richtung Nachbarhaus. Von dort näherte sich Frau Seidler. Sie trug mit ausgestreckten Armen eine bunt dekorierte Porzellanschüssel vor sich her wie ein Priester sein Weihrauchfass.

»Vanillepudding auf Johannisbeeren, das isst du doch so gerne. Vorsicht, der ist noch warm. Du musst ihn ein bisschen abkühlen lassen.« Frau Seidler strahlte wie eine unzerknitterte Mutter Theresa. Als sie die Arme über den Zaun streckte, stieß sie den Eimer um. Walnüsse ergossen sich ins Gras. »Ach Gottchen«, murmelte sie.

»Ich komme helfen«, sagte Hantsch sofort, aber er wusste nicht recht wohin mit der Schüssel.

»Lass nur, bring den Pudding lieber ins Haus«, meinte Frau Seidler. Ihr Blick blieb an Hantschs Hose hängen. »Ach Gottchen«, sagte sie erneut, inbrünstig seufzend. »Wie siehst du denn aus? So staubig. Ei, ei, ei, die gute Hose. Zieh dir besser was anderes an, bevor deine Mama … Ach Gottchen, was rede ich da? Wenn du mir die Hose bringst, kann ich sie stopfen.«

Hantsch lugte an der Schüssel vorbei. Was er sah, trieb ihm den Schweiß aus den Poren. Neben dem Reißverschluss tat sich freie Sicht auf seine Unterhose auf.

»Ach Gottchen«, entfuhr es ihm jetzt selbst. »Ich geh schnell …« Er eilte zum Haus.

Der Chef wartete schon im Schatten der Thujahecke neben der Terrassentür, den Blick neugierig auf die Schüssel geheftet.

»Das ist …« Weiter kam Hantsch nicht, denn er blieb mit der Fußspitze an der Kante einer hoch stehenden Bodenplatte hängen. Die Schüssel ließ sich nicht aufhalten. Sie flog weiter, drehte sich dabei und als der Chef sie mit bewundernswertem Reflex auffing, löste sich der Pudding samt Johannisbeeren heraus und schmiegte sich innig an die Hemdbrust. Von dort tropfte der größte Teil wieder in die Schüssel zurück.

Hantsch erstarrte und zog den Kopf zwischen die Schultern. Er sah schon die Kündigung auf sich zukommen.

»Vanille?«, fragte der Chef. Er betrachtete interessiert den Schüsselinhalt.

Hantsch nickte. »Mit Johannisbeeren, von Frau Hilde«, murmelte er.

»Ah, gut, dass ich ihn aufgefangen habe. Das nächste Mal passen Sie besser auf, Torsten. Damit sind wir quitt, denn ich wollte mich entschuldigen. Lassen Sie uns reingehen. Ich habe schon ewig keinen Pudding mehr gegessen.«

*

Anna stieß einen Fensterflügel auf. Was noch an Rauch aus ihrer Kehle quoll, entwich ins Freie. »Das schmeckt scheiße und knallt überhaupt nicht«, sagte sie über die Schulter. »Du kannst gleich noch einen bauen.«

»Ist halt meine erste Ernte«, erwiderte Malte träge. »Ich finde die nicht so übel.« Trotzdem griff er nach den Zigarettenblättchen.

Anna beobachtete, wie er sie aneinanderklebte, zwei längs, eins quer. Sie beugte sich weit hinaus, um auf die Ziegel unter dem Gaubenfenster zu spucken. Dieses Kraut verwandelte die Zunge in einen gebeizten Lappen.

Ich kack auf Maltes Biotour, dachte sie, aber ohne Dope halte ich diesen Besuch nicht durch.

Eine Packung Valium hatte mehr Pep als dieses Kaff und bei Oma drehte sich alles nur ums Fressen. Was es gestern gab, was morgen gegessen werden sollte und wie lecker und reichhaltig das Kuchenbüfett auf der Beerdigung neulich gewesen war.

Beerdigung, ja, dieser Besuch bei Oma gab einen Vorgeschmack auf die eigene. Warum war ihr das als Kind in den Ferien nie aufgefallen?

Jemand schnaufte im Nachbargarten die steile Treppe hinauf.

Anna reckte den Hals.

Ein Typ, Marke langes Elend, in grauer Hose und cremefarbenem Polohemd, trug einen bunten Karton spazieren. Sie sah ihn zum Kompost stiefeln.

»Sag mal, deine Pflänzchen wachsen doch hinter der Hütte am Zaun, oder?«, fragte sie Malte, der gerade behutsam das dicke Ende der Tüte zuzwirbelte.

»Ja. Wieso?«

»Weißt du, was der Langweiler von nebenan da treibt?«

»Was?« Malte federte vom Bett hoch und drängte sich neben seine Schwester.

»Das heißt *Wie bitte?*«, sagte Anna, als der Typ wieder in Sicht kam. »Schau, jetzt hat er den Karton nicht mehr dabei ...«

»Was für einen Karton?«, wollte Malte wissen.

»Keine Ahnung. Einen bunten, ungefähr so groß.« Anna zeigte mit den Händen vage Maße an. Dann ließ sie den Jointstummel in die Dachrinne kullern.

»Ich geh nachschauen«, sagte Malte.

»Lass uns erst noch das Gerät wegputzen.« Anna hielt inne und beugte sich weiter aus dem Fenster. »Hör mal, der redet mit Oma.«

»Worüber?«, fragte Malte, der sich schon zum Bett gewandt hatte, um den nächsten Joint zu holen.

»Ich versteh nicht alles«, meinte Anna. Sie schob sich das grüne Haarbüschel, das rechts vom Scheitel herabhing, hinter das Ohr.

Malte kam mit der glimmenden Tüte zurück. »Ich glaube nicht, dass hier jemand Hanfpflanzen erkennt.« Er klang eher beschwörend als überzeugt.

»Oma gibt dem unseren Pudding«, sagte Anna halb empört und halb belustigt.

»Ich wette, sie macht gleich einen neuen.« Bei jedem Wort drang ein Schwall Qualm zwischen Maltes Lippen hervor. »Wenn sie wieder in der Küche ist, sehe ich nach meiner Plantage.«

»Warte, ich glaube, sie sammelt Walnüsse. Das klackert so, wenn die im Eimer landen. Gib her oder willst du den alleine wegputzen?«

»So fies schmeckts wohl doch nicht, was?«, meinte Malte belustigt.

»Ich gehe runter und helfe Nüsse fangen. Für Oma sind die bestimmt zu schnell, wenn die zwischen den Grashalmen herumzischen«, erwiderte Anna und musste kichern.

Malte prustete und schwankte zwischen Husten und Lachen.

*

Der Chef löffelte und löffelte. Mit halb geschlossenen Augen stieß er ab und zu einen leisen Seufzer aus und leckte sich über die Lippen.

Hantsch plagte das Gefühl, auf einer heißen Herdplatte zu sitzen. Er rutschte hin und her und fragte sich, wann der Chef endlich wieder gehen würde. Wo er doch eigentlich hier war, um wieder über den Löscher zu quasseln.

Der will mich weichkochen, dachte Hantsch. Ich muss stark bleiben.

»Sei nicht so verstockt, Torsten«, hatte seine Mutter oft gesagt. »Erleichtere dein Gewissen, dann bekommst du deine Strafe und alles ist wieder gut. Bis dahin bleibst du auf deinem Zimmer.«

Er hasste den Gedanken, der Chef könne den Platz seiner verstorbenen Mutter einzunehmen versuchen. Morgen würde er vorsorglich Mutters Wohnzimmersessel verschwinden lassen.

Es klimperte, als der Chef den Löffel auf den Tisch legte. Hantsch hörte ihn tief einatmen. Er selbst hielt die Luft an und wartete auf eine Ansage.

Stattdessen zog der Chef ein Taschentuch heraus, wischte sich den Mund ab und tupfte danach auf seinem Hemd herum. Hantsch musste schließlich doch Luft holen und so erwischte ihn der Chef auf dem falschen Fuß.

»Seien Sie nicht so verstockt, Torsten. Erleichtern Sie Ihr Gewissen, dann helfe ich Ihnen, einer Strafe zu entgehen, und alles wird wieder gut. Bis dahin bleibe ich hier sitzen.«

»Ihre Sachen passen Ihnen bestimmt nicht«, murmelte Hantsch.

»Wie?« Der Chef sah ihn eindringlich an.

Hantsch sprang auf. »Morgen gebe ich alles weg!«

»Nein, bloß nicht! Um Himmels willen, das wäre ganz schön dumm. Überlegen Sie doch mal, was wir damit alles anstellen könnten …«

»Das sind nur alte Lumpen und Gerümpel, und das geht niemanden was an!«, schrie Hantsch.

»Davon möchte ich mich doch lieber selbst überzeugen«, sagte der Chef und stand auf. »Wo ist er?«

»Im Wohnzimmer«, erwiderte Hantsch. »Sie können ihn haben, aber nur wenn Sie ihn mitnehmen. Ich will nicht, dass es sich jemand damit hier noch mal bequem macht. Das muss alles weg.«

»Dachte ich's mir doch«, meinte der Chef, trat an Hantsch heran und legte ihm eine klebrige Hand auf die Schulter. »Das ist belastend, dem sind Sie nicht gewachsen, Torsten. Gut, dass Sie das einsehen. Ich kümmere mich darum, das wird Ihr Schaden nicht sein. Wo ist das Wohnzimmer?« Er sah sich um.

Hantsch drängelte sich an ihm vorbei. »Hier.« Er stieß die Tür auf.

Der Chef quetschte sich vorbei und warf einen Blick auf das kotfarbene Mobiliar. »Wo?«

»Na da!« Hantsch wies auf den abgewetzten spinatgrünen Sessel.

Der Chef stürzte sich förmlich darauf, drückte das Sitzpolster mit den Händen und lachte. »Das ist ja raffiniert. Man erkennt wirklich nichts. Unten drunter, hm?« Ohne eine Antwort abzuwarten, kippte er den Sessel auf die Seite. »Raffiniert«, sagte er noch mal, während er durch die Bespannung linste. »Da ist wirklich kaum was von zu sehen.«

»Wovon?«, fragte Hantsch.

»Na, von dem Stoff. Wie komme ich dran?«

»Sie können den einfach wegschneiden«, meinte Hantsch bebend.

Der Chef löste ein Schweizer Taschenmesser vom Schlüsselbund und säbelte an der Bespannung unter den Federn herum. Die Gurte waren zäh und das Messer offenbar nicht richtig scharf.

Hantsch beobachtete nur, erstarrt ob des Mutes zum Frevel, den der Chef aufbrachte.

Inbrünstig stocherte die Klinge, wobei sie immer wieder vernehmlich an das Metall stieß.

Hantsch gab sich einen Ruck, eilte in die Küche und holte ein größeres Messer. Allmählich spürte er den Drang, ebenfalls auf Mutters Sessel einzustechen, ihn zu schlachten, ach was, den ganzen Thron zu schleifen, bis nur noch Krümel davon übrig blieben.

Inzwischen hatte der Chef das Jackett abgelegt. Er schwitzte deutlich und kickte die Federn, die er schon herausgelöst hatte, achtlos zur Seite.

»An den Stoff kommen wir aber leichter von oben«, sagte Hantsch.

»Ach so. Warum haben Sie das nicht gleich gesagt, Torsten?« Der Chef kippte das Möbel, aus dem jetzt Gedärme hingen, zurück auf die Füße.

Hantsch sprang hinzu und versenkte die Klinge des Küchenmessers in der Sitzfläche. Dann noch mal und noch mal. Das fühlte sich so gut an. »Die Plebejer proben den Aufstand«, keuchte er, schon außer Atem.

»Halt!«, rief der Chef. »Sie zerstechen noch die Päckchen.«

Hantsch stieß mehrfach kräftig in die Rückenlehne. »Ach wo!«, rief er währenddessen. Bei jedem »Ach« stieß er zu und bei jedem »wo« zog er das Messer wieder heraus. Ein Furor hatte ihn ergriffen. Die Erstürmung der Zitadelle und die Vernichtung des Tyrannen. Schweißtropfen bildeten sich auf seiner Stirn.

Dann stieß er auf etwas furchtbar Hartes und die Klinge brach ab. Einen Augenblick starrte er auf die Bruchstelle am Heft, bevor er sich zur Seite drehte und das Griffstück in die Bleiverglasung des Wohnzimmerschranks pfefferte.

Der Chef hatte sich zur Tür zurückgezogen.

Hantsch begegnete seinem verstörten Blick. »Wollen Sie denn noch was von dem Stoff?«

»Aber natürlich. Ich hatte Ihnen ja schon ein für Sie sehr vorteilhaftes Angebot gemacht ...«

Hantsch ergriff den Bezug und riss einen löchrigen Fetzen ab. »Reicht das?«

Der Chef sah darauf. Seine Mundwinkel zuckten. Er blickte auf das Taschenmesser in seiner Hand und schließlich in Hantschs Gesicht. »Jetzt machen Sie sich aber einen Spaß mit mir«, murmelte er.

»Wieso denn Spaß?«, schrie Hantsch. »Das ist prima Stoff. Meine Mutter hat sich darauf jahrelang den Hintern geschubbert!«

Der Chef zog die Schultern hoch und hob die Hände. »Moment, Moment, das ist doch überhaupt nichts Persönliches. Ich rede von dem Stoff im Feuerlöscher. Wo ist der? Mit dem sollten wir uns befassen, meinen Sie nicht, Torsten?«

Hantsch wandte sich ab und betrachtete den zerfledderten Sessel. Er konnte nicht verhindern, dass ihm Tränen in die Augen stiegen. »Der Feuerlöscher hängt unten, vor dem Heizungskeller«, sagte er stockend.

»Wo geht's runter?«, fragte der Chef prompt.

»Im Flur«, murmelte Hantsch. Ihm war ein wenig schwindlig, so als ob sich der Wohnzimmerboden unter ihm wellen würde.

»Hier?« Die Stimme des Chefs klang von draußen, dazu hörte Hantsch, wie eine Tür geöffnet wurde.

»Das ist das Klo«, sagte Hantsch laut. Eine Gänsehaut überzog seinen Rücken und kroch ihm langsam den Nacken hinauf. Es fühlte sich so ähnlich an wie damals, vor dem Unglück mit seiner Mutter. Nur etwas schwächer. »Ich zeige Ihnen den richtigen Weg«, fügte er hinzu und trat hinaus in den Flur.

Er zog den Chef vom Besenschrank weg und schloss die Kellertür auf. »Hier unter der Treppe geht's runter. Beachten Sie bitte das Schild.« Hantsch wies auf ein glänzendes Blech mit der Aufschrift *Kein Winterdienst – Betreten auf eigene Gefahr.*

Der Chef blickte darauf und schüttelte langsam den Kopf. »Das sieht aus wie eins von unseren Warnschildern an den Treppenanlagen. Sie sind mir ja einer ...«

Hantsch öffnete die Tür und betätigte einen schwarzen, laut klackenden Drehschalter. Im trüben Licht wurde eine steile und kurzstufige Betontreppe sichtbar, die in einen kaum erhellten Kellergang führte.

»Na, dann passen wir mal gut auf«, meinte der Chef, schob sich an seinem Angestellten vorbei und setzte seinen Fuß auf die oberste Stufe.

Hantsch fuhr sein rechtes Bein aus. Dabei stieß er kräftig gegen den Chefrücken.

Solcher Art ums Gleichgewicht gebracht, ruderte der Chef mit den Armen, um Halt zu finden. Aber es gab keinen. Das Geländer hatte Hantsch schon vor geraumer Zeit entfernt. Sonst gab es nur rohe Wände. So stürzte der Chef hinab. Er drehte sich noch im Fallen, schrie irgendwas, kopfüber. Klatschte auf den steinernen Boden und lag still.

Hantsch wartete.

»Chef?«, fragte er schließlich leise. »Haben Sie sich wehgetan? Sie sollten doch achtgeben. Ich habe Sie nachdrücklich darauf aufmerksam gemacht. Chef?«

Doch der rührte sich nicht.

Hantsch stieg zwei Stufen hinunter.

Blut bedeckte den Chefkopf. Wo es austrat, konnte Hantsch nicht erkennen.

»Tja, so was«, sagte Hantsch. »Wie schnell doch ein Unglück geschehen kann. Und ich habe noch gesagt ... Meine Mutter hat auch nicht auf mich gehört. Diese Treppe ist wirklich gefährlich.«

Er trat langsam zurück in den Flur. Warf einen Blick ins Wohnzimmer. Mutters Sessel. Wie der aussah! Wieder kamen ihm die Tränen. Aber das war zwecklos, es war aus und vorbei.

Er zog den Sessel über die Auslegeware vor den Kellerabgang. Von dort schob er ihn ganz sachte Zentimeter für Zentimeter auf die Treppe. Kurz vor der Kante der obersten Stufe hielt er inne und sah hinunter.

Für einen Moment hatte er den Eindruck, als bewege der Chef einen Arm. »Achtung!«, rief er und gab dem Polstermöbel einen Schubs.

Mutters Thron hatte ebenfalls keine Chance, sich irgendwo und irgendwie festzuhalten. Er polterte hinab. Allerdings ohne zu schreien. Stofffetzen flatterten. Er gesellte sich zum Chef. Oder genauer gesagt, auf ihn drauf.

»Welch ein Unglück«, murmelte Hantsch. »Eine Katastrophe. Da kann ich Schilder aufstellen, so viel ich will, wenn niemand darauf achtet ... Ja, was soll ich da machen?« Er schlug die Kellertür zu, verriegelte sie zittrig und ließ sich mit dem Rücken gegen das Holz sinken. Sein Herz klopfte wie wild und er bekam kaum Luft.

In der Küche unter der Spüle stand die Flasche *Harzgeist.* Davon hatte er zwar schon nach Mutters Tod reichlich eingenommen, aber leer war sie noch nicht. Glück im Unglück, das stand für ihn fest.

*

Anna war ziemlich außer Atem, als sie endlich die Gartenhütte erreichte. Dieser verdammte Feuerlöscher wog mindestens eine Tonne. Aber da sie sich nun mal entschlossen hatte, der Sache auf den Grund zu gehen, dachte sie sich, es sei sicherer, den Löscher aus Omas Heizungskeller dort zu deponieren, wo sie den geheimnisvollen Behälter des Nachbarn an sich genommen hatte. Fehlte der Löscher, würde das sofort auffallen. Zum Glück sah ja einer wie der andere aus. Rot und oben ein Griff mit Schlauch. Dazu jede Menge Text, den bestimmt eh niemand las.

Sie hatte vor allen Dingen darauf achten müssen, dass ihre Oma sie nicht beobachten konnte. Das Küchenfenster, hinter dem die alte Frau schier unentwegt hantierte, zeigte zur Gartenseite und so hatte Anna sich gezwungen gesehen, ganz dicht an der Grundstücksgrenze den unwegbaren Hang im Schatten der Johannisbeerbüsche entlangzuschleichen.

Vorher hatte sie noch geholfen, Walnüsse aufzusammeln, damit Oma sie zum Trocknen in den Backofen legen konnte. Nur auf diese Weise war die Alte schnell aus dem Weg zu bekommen gewesen.

Selbst draußen konnte sie Maltes Husten noch hören, obwohl er sich sofort Mühe gab, es zu unterdrücken. Oma hatte ihn schon ermahnt, er solle weniger qualmen. Sein Katarrh klinge ungesund für einen Burschen in seinem Alter und zudem röche er abscheulich nach schlechten Rauchwaren. Er solle sich ein Beispiel am verstorbenen Opa nehmen, der habe stets nur besten Pfeifentabak geschmaucht. Diesen Wohlgeruch vermisse sie manchmal. Ob denn heutzutage die Männer keine Zeit mehr für eine Pfeife hätten? Ewig dieses hastige Zigarettenrauchen sei doch kein schönes Bild.

Malte antwortete immer nur »Ja, ja«. Er könnte es auch lassen, seine Oma hörte sowieso nicht hin. Aber er fand, so viel Höflichkeit müsse sein.

Anna schob Omas Löscher in den Karton zwischen Hanf und Brombeergestachel. Leider waren die Beeren, die noch nicht von den Vögeln weggefressen worden waren, verdorrt. Sie hätte wirklich gerne ein paar für Maltes trockenen Mund gesammelt.

Zurück in der Waschküche hob Anna den Feuerlöscher des Nachbarn an und schüttelte ihn noch mal kräftig. Merkwürdig. Das Pulver bewegte sich nicht sachte, wie sie sich Mehl in einem Behälter vorstellte, sondern schlug dumpf und schwer gegen das Gehäuse.

Kirschkernkissen, assoziierte sie und musste lachen. Na klar, Feuerlöscher, Brand, Hitze, Kirschkernkissen. Das passte doch.

Anna betrachtete den Ring unter dem Löscherkopf. Sie hielt sich für ein technikaffines Naturtalent. Es müsste doch mit dem Teufel zugehen, wenn sie den Löscher nicht öffnen könnte, um nachzusehen, was er wirklich enthielt. Selbst wenn es tatsächlich bloß ein Kirschkernkissen wäre.

Sie trug den Behälter in Opas alten Werkraum, schob das auf dem Arbeitstisch achtlos abgelegte Gerümpel beiseite und stellte ihn ab. Wo öffnen? Unter dem Griff saß ein dicker schwarzer Ring mit Höckern. Das schien ihr der geeignete Ansatzpunkt. Nur womit?

Anna hielt den Löscher mit der linken Hand fest und versuchte, den Ring mit der anderen Hand zu drehen. Nichts. Sie überlegte, in welche Richtung sie drehen müsste und von wo gesehen rechts und links zu finden wären. Aber sie hatte dafür eindeutig zu viel Gras inhaliert.

»Anna, Malte, Essen!«, hörte sie Oma rufen.

Zwar hatte sie mächtig Kohldampf, aber das kam jetzt doch ungelegen. Sie griff sich einen Hammer und versuchte behutsam, den Ring in eine Drehbewegung zu klopfen.

Zuerst tat sich überhaupt nichts, dann schlug Anna, unwirsch geworden, fester zu. Der Ring bewegte sich. Noch ein Schlag. Gleich würde sie von Hand weiterdrehen können. Da fiel ihr ein, dass der Behälter unter Druck stehen könnte. Schnell duckte sie sich und hielt einen Arm vor das Gesicht.

*

Sollte er anklopfen oder nicht, fragte Hantsch sich. Der Gedanke zu klopfen kam ihm lächerlich vor, andererseits war es so üblich. Wenn ihn jemand dabei beobachtete, wie er, ohne anzuklopfen, das Chefbüro betreten würde, wäre das doch höchst verdächtig. Etwa nicht? Aber solch eine Scharade aufzuführen, lag ihm einfach nicht.

Seine Schritte wurden immer kürzer, je näher er der Tür kam. Tief durchatmend, hielt er an, hob eine Faust und wummerte gegen das Holz. »Hallo, Herr Gieseking, hallo!«

Sofort war ihm klar, dass sein Geklopfe und Gerufe viel zu laut und auffällig war.

Aber zu spät, schräg gegenüber schaute die Kollegin Schütt aus ihrem Büro heraus in den Flur. »Der Chef ist nicht da. Komisch. Er hat sich nicht abgemeldet und niemand weiß, wo er steckt.«

»Ach«, erwiderte Hantsch, »das kann ja mal vorkommen. Vielleicht musste er sich ein bisschen … hinlegen. Äh, ich meine ausruhen.«

»Ja sicher, aber dass er nicht Bescheid sagt …« Schütt klang fast so, als beneide sie den Chef für diese Art der Selbstherrlichkeit.

Wenn die wüsste, dachte Hantsch. Die möchte sich garantiert nicht dazulegen. Auf dem Kellerboden bekäme ihre helle Bluse Flecken, die nicht herauszuwaschen wären. »Sie möchten das bestimmt nicht«, sagte er. Mit den Damen war er stets per Sie.

»Was?« Schütt zog die Stirn in Falten.

»Ähm ... man sagt *Wie bitte?* Na ... wegen der Bluse«, stotterte Hantsch.

Schütt sah an sich runter. »Was ist mit meiner Bluse?«

»Dass da was rankommt«, meinte Hantsch. Er war schon nicht mehr bei der Sache, sondern überlegte, wie er in das Chefbüro hineinkommen könnte, ohne dass die Kollegin es mitbekam.

»Wie, dass da was rankommt? Wieso?«

»Die sieht so teuer aus. Es wäre schade ...«

Ein geschmeicheltes Lächeln verklärte Schütts Gesicht. »Ach, die habe ich vom Schlussverkauf. Fürs Büro ist die schon recht.« Sie hielt inne und sah Hantsch prüfend an. »Das ist das erste Mal, dass ich Sie ein Kompliment machen höre. Sagen Sie, Torsten, ist was mit Ihnen?«

Hantsch hatte das Gefühl, er würde gleich mit einer Wand zusammenstoßen. Er hob abwehrend die Hände. »Ich brauche was«, stieß er hervor und hoffte, er könnte damit an der Wand vorbeisteuern.

Seine Kollegin zog die Brauen zusammen. »Ich glaube Ihnen aufs Wort. Das Gefühl habe ich auch schon länger. Aber von mir ...«

»Auf dem Schreibtisch, dadrin«, sagte Hantsch schnell, denn er spürte, wie ihm das Gespräch entglitt. »Auch wenn der Chef nicht da ist. Ich brauche das heute. Ganz dringend!«

Schütt stemmte die Fäuste in die Hüften. »Wie kommen Sie dazu, mich mit Ihren Schweinereien zu belästigen? Ich werde mich beim Personalrat beschweren!« Irgendetwas musste sie in Hantschs Gesicht oder Körpersprache gesehen haben, denn sie brach in höhnisches Gelächter aus. »Ach, was soll's. Sie sollten es mal mit autogenem Training probieren«, sagte sie zwischendurch. »Sie sind ja solch ein verklemmtes Muttersöhnchen. Einfach lachhaft, ihre Anmache. Sie wüssten bestimmt noch nicht mal, wo bei einer Frau vorne und hinten ist.«

»Aber das ist doch völlig unwichtig dafür«, erwiderte Hantsch leise. Er war sich nicht ganz im Klaren, worüber seine Kollegin redete und wieso sie so wütend geworden war.

»Das höre ich mir nicht länger an. Sie sind ja völlig versaut«, rief Schütt. Sie verschwand in ihrem Büro und schlug die Tür hinter sich zu.

»Aber …«, murmelte Hantsch. Er fühlte sich zu Unrecht angeklagt, obwohl es doch lediglich eine Notlüge gewesen war, dass er dringend Unterlagen bräuchte, die angeblich auf dem Chefschreibtisch lägen.

Er verwarf den Gedanken, zu versuchen, Frau Schütt zu besänftigen. Ihm war schon bewusst, dass ihm manchmal nicht die richtigen Worte einfielen. Außerdem hatte die Sache mit dem Chef Vorrang.

Er probierte die Klinke des Büros und zu seiner Erleichterung war nicht abgesperrt. Er huschte hinein und schloss die Tür behutsam hinter sich.

Hantsch meinte, dass ein leichter Brandgeruch die Luft würzte. Soweit ihm bekannt war, rauchte der Chef jedoch nicht.

Er warf einen Blick auf den Schreibtisch. Dort lagen, neben ein paar Laufmappen, mehrere blanke Schilder und im Ablagekorb ein Stapel Papier. Die Schilder zogen Hantsch magisch an. Er las:

Mentales Heilen mit Auramassagen von Petunia Lachnitt

Quantenheilungssohlen für den Schamanischen Weg von Bernhard-Pluto Steinbock

Handlesen für Sehbehinderte im spirituösen Kornkreis

Kontakt zu Verstorbenen und ihren Haustieren – Asia Mentalinstitut Sing Ma Tao

Hantsch wusste um die neueste Initiative des Chefs. Dessen Plan hatte vorgesehen, Bad Gruntz als Kurort aufzuwerten, indem hier Esoterikpraxen angesiedelt werden sollten. »Ich weiß, dass die Kasse solche Maßnahmen in der Regel nicht bezahlt, Torsten. Aber sie erschließen uns eine jüngere und vor allem zahlungskräftige Zielgruppe, die bisher im Kurbetrieb unterrepräsentiert ist«, hatte er behauptet.

Hantsch setzte sich an den Schreibtisch. Der verwegene Gedanke, er könnte der neue Chef werden, ließ ihn schneller atmen. Als Erstes würde er für bessere Beschilderung sorgen. Ordentliche Lettern, in der richtigen Höhe platziert und reflektierend. Bad Gruntz würde den ersten Preis als besucherfreundlichster Kurort Deutschlands gewinnen. Er, Torsten Hantsch, würde im Fernsehen sein einzigartiges Beschilderungskonzept erläutern. Das Hantsch-System. In der Mitte der Straße hängend als Richtungspfeil. Von beiden Seiten lesbar, jedem Ziel eine Farbe zugeordnet. Je näher das Ziel, desto mehr Farbpunkte. Niemand müsste mehr rätseln, ob die Entfernung mit dem Rollator zu schaffen sei. Piktogramme in passender Farbe verrieten alles. Noch während er im Studio säße und sich in der Bewunderung des Publikums sonnte, käme ein Kriminalpolizist und würde ihn fragen, wo der alte Chef …

Hantsch griff nach dem Telefon. Obwohl er sie bisher erst zweimal gewählt hatte, konnte er die Nummer auswendig, so oft hatte er sie sich vorgesagt.

»Ja?« Sonjas raue Stimme übertönte kaum den Lärm, der mit ihr aus dem Hörer drang.

Sicher fuhr sie gerade mit dem Lastwagen herum und sammelte Seifengrundstoffe ein. So hatte sie jedenfalls auf Amrum ihre Arbeit beschrieben, als Jensen sie zur Lösung eines Entsorgungsproblems engagieren wollte. Dass sie nicht begeistert war, statt Tierkadavern einen unglücklicherweise verblichenen Menschen aufzuladen, hatte Hantsch tief beeindruckt.

Seiner Hochachtung vor dieser zutiefst moralischen Einstellung hatte es keinen Abbruch getan, als Sonja sich schließlich gegen die Entrichtung eines angemessenen Geldbetrags doch dazu durchgerungen hatte. Solche Hilfsbereitschaft war heutzutage selten geworden und Hantsch war sicher, dass er jetzt wieder darauf bauen konnte.

»Ich bin's. Ähm, Torsten.«

»Du sollst mich nicht anrufen, Dummkopf. Ich wette, dein Telefon wird überwacht.«

»Das ist nicht mein Telefon.«

»Kannst du nicht lauter reden, du Pfeife? Ich versteh dich kaum.«

»Nein, das geht nicht. Wenn mich jemand hört, gibt's Ärger.«

Sonja lachte heiser. »Ich dachte, deine Olle wäre hops.«

»Schon«, erwiderte Hantsch, erschauernd ob des losen Geredes über seine verstorbene Frau Mutter. »Aber jetzt benutze ich das Diensttelefon vom Chef.«

Sonja lachte noch lauter, gleichzeitig wurden die Nebengeräusche leiser, als hätte sie den Laster angehalten. »Hast dir wohl eine neue Obrigkeit zugelegt? Du bist mir ja vielleicht eine Trantüte … «

»Können wir nicht über etwas Vernünftiges reden?«, zischte Hantsch. Ärger stieg in ihm auf, denn er war noch nicht mal mit Sonja zusammen und sie fing schon den ersten Beziehungsstreit an.

»Ich schon. Du auch?«, antwortete sie glucksend.

»Deswegen rufe ich an. Der Chef muss weg«, grummelte Hantsch.

»Das denke ich auch manchmal.«

»Woher kennst du meinen Chef?«, fragte Hantsch verwundert.

»Wieso deinen Chef? Von dem habe ich nicht gesprochen«, meinte Sonja. »Jetzt komm mal zur Sache, du Schnarchnase, ich muss weiter.«

»Ich war schon bei der Sache. Der Chef muss weg. Kannst du das schleunigst erledigen?«

»Bist du noch ganz frisch? Wofür hältst du mich?«, schnappte Sonja. »Ich bin kein …«

»Aber du kannst das doch so gut. Du kriegst von dem Geld, das der Löscher bringt, noch mal fünftausend extra.«

Danach klang nur Rauschen aus dem Telefonhörer.

»Hallo, Sonja, bist du noch dran?«

»Ist der auch … hin?« Ihre Stimme kam sehr leise und langsam.

»Ja, aber da war …«

»Wieder ein Unglück, willst du sagen?« Sie wartete nicht auf Antwort, sondern wurde laut. »Du hältst mich wohl für völlig bescheuert. Wenn du glaubst, ich räume deine ganze Scheiße auf, hast du dich aber schwer geschnitten!«

»Der Chef ist keine Scheiße«, sagte Hantsch lauter als beabsichtigt.

»Egal!«, rief Sonja. »Selbst wenn er ein schöner großer Braten wäre, kann ich nicht in dein Dreckskaff da unten im Harz kommen und ihn abholen. Ich bin nur für Nordfriesland zuständig. Du musst dich selbst drum kümmern oder ihn herbringen. Aber eins sag ich dir: Du kannst nicht reihenweise Leute um die Ecke bringen, dabei den Dorftrottel spielen und drauf setzen, dass ich hinter dir herräume. Verstanden?«

»Er hat Mutters Sessel zerstört und den ganzen Pudding verschlungen«, rief Hantsch. »Und außerdem wollte er den Löscher haben!«

Wieder schwieg Sonja lange. »Warum? Woher wusste er davon? Hast du gequatscht?«, fragte sie schließlich.

»Nein, habe ich nicht. Er hat mit der Polizei …« Hantsch verstummte, denn auf dem Flur waren Schritte zu hören. Jemand klopfte an und öffnete die Tür. Um unter den Schreibtisch zu tauchen, war Hantsch nicht behände genug. Er versuchte es aber trotzdem.

Bremer, der Vorarbeiter der von der Verwaltung ausgelagerten Servicegesellschaft *Grün Bad Gruntz,* schob seine belatzhoste Körperfülle in die Türöffnung. »Was machst du hier? Ist der Chef immer noch nicht aufgetaucht?«, fragte er schnaufend.

Hantsch faltete sein langes Körpergestell gemächlich wieder auseinander, behielt aber den Telefonhörer unter der Tischplatte.

»Hallo, hallo?«, klang es daraus und »Sag doch was, du Vollpfosten!«

Hastig unterdrückte Hantsch das Gequäke mit einer Handfläche auf der Hörmuschel.

»Ich versuche gerade, den Chef zu erwischen«, sagte Hantsch bemüht gelassen. »Er wollte sich Urlaub nehmen, wenn ich mich recht entsinne.«

»Urlaub? Ich hör immer nur Urlaub«, knurrte Bremer. »Schafft hier überhaupt noch jemand außer uns?«

»Ich würde ja gerne, wenn mich niemand davon abhielte«, erwiderte Hantsch und klopfte mit der freien Hand auf die Schilder.

Hinter Bremers Stirn arbeitete es angestrengt, was sich durch Lippengymnastik bemerkbar machte. »Ich will wissen, ob wir schon mit dem Laub anfangen sollen. Jetzt wär es noch schön trocken und ließe sich ordentlich blasen.«

Hantsch zuckte die Schultern. »Der Chef hat nichts dazu gesagt. Ihr müsst euch um den Wegweiser zum Weltwald kümmern, dem unten an der Kötelberger Straße. Vandalismus.«

»Schon wieder?«, schnaufte der Vorarbeiter. »Den haben wir erst letzte Woche geflickt. Saubande, wenn ich von denen einen in die Finger kriege …« Er verschwand grußlos.

Hantsch seufzte und nahm den Hörer wieder ans Ohr. »Sonja?«

Sie hatte die Verbindung unterbrochen. Er wählte die Nummer erneut, aber Sonja nahm nicht ab. Auch weitere Versuche blieben erfolglos.

Panik stieg in ihm auf. Hantsch hatte keinen Chef mehr. Dafür eine Leiche im Keller, einen Feuerlöscher im Nachbargarten und die Polizei konnte jederzeit bei ihm auftauchen.

Er raffte die Schilder und ein paar Schreiben zusammen und schlich mit zwischen die Schultern gezogenem Kopf zurück in sein Büro.

*

Anna legte das Päckchen auf den Tisch. »Das ist aus dem Feuerlöscher.«

Malte nahm den Blick von der Zigarettendrehmaschine, die er nutzte, um sich einen Vorrat anzulegen für den Moment, wenn er zu breit war, um noch Handarbeit zu verrichten. »Hey, helles Pulver. Meinst du, das ist wirklich …?«

»Welchen Grund sollte es sonst geben für Pulverpäckchen in einem Feuerlöscher? Und weshalb versteckt diese Type das so klammheimlich hinter der Gartenhütte?«

Malte klopfte eine fertige Zigarette auf den Deckel des Maschinchens. Das sollte den Tabak gleichmäßig verteilen und verdichten. »Der sieht aber überhaupt nicht nach so was aus«, meinte er gelangweilt.

Anna kicherte. »Wie soll ein Dealer schon aussehen? Etwa wie wir? Das sind doch üble Klischees.«

»Jedenfalls nicht so panne wie der«, erwiderte Malte. »Warum machen wir das Päckchen nicht auf und testen das Zeug? Dann wissen wir mehr.«

»Okay«, sagte Anna. Sie war ziemlich sicher, dass es sich um eine verbotene Substanz handelte. Rauschhafte Zeiten standen ihnen bevor. Der Marktwert des Stoffs würde das Sahnehäubchen sein. Wie viele Semester Malte noch für sein Studium brauchen würde, hätte sehr bald kein Beunruhigungspotenzial mehr für ihn. Sein Vormittagsschlaf wäre über Jahre hinaus gesichert.

Anna wusste, dass ihr Bruder genügend Kommilitonen

kannte, die sich gerne auf Partys rumtrieben, und das am liebsten mit chemischer Hilfe. Ob Oma nun ihr Häuschen der Kirche oder dem Tierschutzverein vermachte, brauchte sie nicht mehr zu beschäftigen.

Bestimmt dachte Malte das Gleiche. Euphorisiert schnitt er mit einer Nagelschere ein Loch in die Packung und schüttete eine kleine Portion des Pulvers auf das Display seines Smartphones. Mit einem Stück Papier schob er den Stoff in zwei Linien. »Willst du?«, fragte er.

»Das sieht komisch aus, finde ich«, meinte Anna. Reinweiß war das Pulver nicht.

»Wieso?«

»Das hat so einen Graustich.«

Malte hob das Smartphone auf Augenhöhe. »Woher willst du wissen, wie Kokain aussehen muss?«

»Wird doch auch Schnee genannt«, murmelte sie.

Es war ihm anzusehen, wie er mit sich kämpfte. Einerseits war er total neugierig, andererseits aber ängstlich und risikoscheu. Doch dann befeuchtete Malte einen Finger, tupfte etwas von dem Pulver auf und berührte es mit der Zungenspitze.

»Scheint okay, schmeckt völlig neutral. Kribbelt nur ein bisschen«, sagte er. »Willst du nun oder nicht? Das Zeug ist harmlos, da gibt's keine körperliche Abhängigkeit. Alk ist schlimmer.«

»Warum probierst du es nicht, wenn es so harmlos ist?«

»Rauszufinden, welche Qualität der Stoff hat, gehört zum Geschäft. Wenn ich das eine alleine machen soll, mache ich auch das andere alleine. *Capisce?*«

»Ich will bloß kein Risiko eingehen, du fieser Egoist«, sagte Anna mit Nachdruck.

»Und wie willst du sonst herausfinden, wie gut das Zeug ist?«

»Hast du nicht einen Kommilitonen, der sich damit auskennt?«

Malte tippte sich an die Stirne. »Bist du blöd? Wir sind noch eine ganze Woche hier und sollen den Stoff bloß anschmachten? Das Kaff lässt sich nur ertragen, wenn ich zwischendurch einen geilen Kick haben kann.«

Er rollte das Papier zu einer dünnen Röhre, steckte ein Ende davon in seine Nase und beugte sich über das Smartphone. Mit einem Finger verschloss er das freie Nasenloch, dabei zog er eine Portion Pulver ein.

Malte saß zuerst ganz starr, dann kullerten Tränen über sein Gesicht. Er gab ein merkwürdiges Geräusch von sich und sank mit geschlossenen Augen aufs Bett zurück.

»Und?«, fragte Anna. »Flasht es schon?«

Statt sich zu schnäuzen, zog Malte Rotz hoch. Sicher wollte er nichts von dem wertvollen Zeug vergeuden.

»Sag schon!«

»So ganz langsam«, murmelte ihr Bruder. Heller Schaum quoll ihm aus dem benutzten Nasenloch. »Ich habe mir die Wirkung anders vorgestellt. Schneller und schärfer. Aber ich fühle mich gut. Es schmeckt nur fies, aber das flaut jetzt langsam ab. Vielleicht muss ich die Dosis erhöhen, da habe ich keine Erfahrung. An den Geschmack gewöhne ich mich bestimmt.« Malte stemmte sich hoch und griff nach dem Smartphone.

*

Bevor Hantsch den Keks in den Kaffee tunkte, sah er sich reflexartig um. Seine Mutter hatte ihm oft eingeschärft, dies müsse ihren häuslichen Kaffeekränzchen vorbehalten bleiben. So hatten sie am Küchentisch in scheinbar trauter Einheit gesessen, während seine Mutter ihm alle ihre Überlegungen zu den Nachbarn und deren Aktivitäten berichtet hatte. Hantsch war damit zufrieden gewesen, stand er doch für kurze Zeit nicht im Fokus ihres Beschusses. Und scharf geschossen hatte Mutter immer.

Durchtränkt schmolz der Keks auf der Zunge. Das war echte Wellness. Nicht dieses merkwürdige Handlesen oder den Kontakt zu toten Haustieren herstellen, was in Kürze angeboten werden sollte. Das würde er gerne den zahlungskräftigen Kurgästen überlassen, die mit allerlei Schabernack genasführt werden würden, um ihre chronischen Beschwerden zu lindern.

Eigentlich waren die Praxen fertig und konnten zur Benutzung freigegeben werden. Es fehlten nur die Schilder, bei deren Montage er natürlich zugegen sein musste, um auf die richtige Platzierung zu achten.

Hantsch überlegte, ob er auch die feierliche Eröffnung selbst übernehmen musste, wo der Chef doch dauerhaft verhindert war. Dessen Stellvertreter, der ewig cholerische Amtmann Fröhlich, verbrachte seinen Jahresurlaub in der Karibik und wurde erst in einigen Wochen zurückerwartet.

Aber wie schrieb man korrekt an eine Person namens Sing Ma Tao? Bei Bernhard-Pluto Steinbock oder Petunia Lachnitt schien ihm das einfacher, obwohl ihm alle diese Namen wie ausgedacht vorkamen. War Sing Ma Tao ein Verehrter oder eine Verehrte? Ein Schreiben von der Verwaltung konnte doch keinesfalls mit ›Hallo‹ beginnen.

Mit diesen fatalen Wirkungen seiner Untat hatte Hantsch nicht gerechnet. Eigentlich hatte er überhaupt nicht gerechnet, sondern einem jähen Impuls nachgegeben.

Was sollte er nur machen, wenn Sonja nicht käme? Seit dem Telefonat waren zwei Tage vergangen und langsam musste etwas geschehen. Hantsch traute sich nicht in den Keller, es war jedoch dringend nötig, denn die Kartoffeln in der Schütte keimten schon und mussten verbraucht werden. Vielleicht würde der Chef auch keimen, wenn er noch länger dort unten lagerte. Hantsch hegte aus Hilflosigkeit die Hoffnung, Sonja würde es sich noch mal überlegen, weil sie ihn mochte.

Als es energisch an der Tür klopfte, schreckte er auf.

Sein »Herein« kam zu spät. Klein erschien im Türrahmen, gefolgt von zwei blau Uniformierten.

»Da ist der Übeltäter«, meinte Klein grinsend.

Irgendwie dreckig. So grinste der Kollege meistens, wenn er Hantsch begegnete. Aber erschreckend war die Szene auch, weil diese Blauen sich als ehemals grüne Polizeibeamte erwiesen.

Hantsch überprüfte fix, ob sein Kopf tief genug zwischen den Schultern saß. Alles bestens, weitere Kompression war nicht möglich.

»Guten Tag, wir suchen Ihren Chef«, sagte der vorderste Blaue, der sich zu Hantschs Entsetzen stimmlich als eher feminin präsentierte.

»Wieso in meinem Büro? Hier ist er nicht«, murmelte Hantsch gegen die Staatsmacht an.

»Vorgestern habe ich gesehen, wie er aus deinem Büro kam, und danach war er weg«, sagte Klein.

»Vorgestern, vorgestern«, brummte Hantsch. Seine Knie zitterten.

Die Polizistin schaltete sich ein. »Hat er irgendetwas gesagt, das seine Abwesenheit erklären könnte?«

Das Zittern breitete sich weiter aus. Es schlug schon auf Hantschs Stimme. »Er wirkte nicht abwesend.«

Die Beamtin schnitt eine Grimasse und wurde lauter. »Hat er gesagt, dass er irgendwohin wollte?«

»Ja, er wollte zu mir.«

»Das wissen wir«, kam es nun sehr ungehalten von der Polizistin. »Was wollte er bei Ihnen?«

Hantsch rang die Hände. Es sah so aus, als ob er nun zum Lügen gezwungen wurde. Doch einen Ausweg gab es noch. »Wegen meines Urlaubsantrags …«

»Und das war alles?«

Erwischt! Jetzt musste eine Lösung her, irgendwie.

»Herr Hantsch! Haben Sie mich verstanden?«

»Ja doch, bestimmt. Wie war noch mal Ihre Frage?«

Klein lachte auf. »Ich habe es Ihnen ja gesagt«, bemerkte er leise.

»Haben Sie mit Ihrem Chef noch über etwas anderes gesprochen?«, fragte die Polizistin sehr laut und akzentuiert, wie einige mit Menschen in Rollstühlen redeten.

»Übers Wetter«, rief Hantsch, »und über Utensilien für den Brandschutz!«

»Das war alles?«

»Über Schatten. Wir brauchen Schatten für die Kurgäste ...« Hantsch fühlte sich schrecklich schlecht und verdorben. Dass der Kollege Klein dieses Gespräch mithörte, machte alles nur noch schlimmer.

»Herr Hantsch, wollen Sie sich über uns lustig machen? Wir führen hier eine Ermittlung durch. Wenn Sie uns dabei behindern, wird das Konsequenzen für Sie haben. Unangenehme Konsequenzen. Wir können auch anders!«

Er bekam Schnappatmung. »Ich ... ich kann nichts dafür. Es ist einfach so passiert. Ich wollte noch ›Halt‹ rufen, aber der Chef war haltlos.« Er bemerkte die unwillig zusammengezogenen Brauen der Uniformierten. »Er war den Halt halt los, verstehen Sie? Weil da kein Halt war, war kein Halten, denn er konnte sich nicht festhalten. Angehalten hat er erst unten.«

Zunächst trat Stille ein. Bis der Kollege Klein merkwürdige Geräusche von sich gab.

»Sind Sie sicher, dass Herr Hantsch hier auf dem richtigen Posten sitzt?«, fragte der andere Polizist Klein.

Der konnte das Gelächter nicht mehr unterdrücken. Unter Tränen stieß er die Worte hervor »Das ist unser Pausenclown, Sie müssen ihm Einhalt gebieten.« Dann wieherte er richtig los.

Die Uniformierte fuhr zu ihm herum. »An dieser Posse sind Sie doch beteiligt!«, zischte sie empört. »Das wird ein Nachspiel haben.«

»Vorspiel fänd ich spannender«, meinte Klein prustend, er kam einfach nicht aus dem Lachen heraus.

»Herr Klein, das wird Ihnen noch leidtun. Folgen Sie uns!«

Die Beamten eskortierten den Kollegen hinaus.

Bevor sie alle draußen waren, wandte sich der Uniformierte an Hantsch: »Wir sprechen uns noch. Glauben Sie bloß nicht, dass Sie mit Dummstellen durchkommen.«

»Was meinen Sie mit Dummstellen? Bis jetzt bin ich gut durchgekommen und die Wahrheit interessiert offenbar niemanden«, erwiderte Hantsch, aber der Polizist hörte nicht zu, sondern pfefferte die Tür ins Schloss.

Was blieb, war eine dunkle Wolke der Bedrohung, die Hantsch umwaberte. Der Chef musste den Keller verlassen. Unbedingt. Sobald als möglich. Aber bitte im Ganzen, trotz seines respektablen Körpergewichts.

*

Der Kellertür wirkte auf Hantsch wie die Pforte in die Unterwelt. Er fragte sich, ob die Klinke heiß wäre, wenn er sie berührte. Und ob das Abschließen die Dämonen zurückhalten könnte.

Überhaupt war Bad Gruntz von Omen erfüllt. Auf dem Heimweg war er zwei älteren Damen begegnet, die ihn fragten, wo der Friedhof sei. In seiner Bedrücktheit konnte sich Hantsch nicht erinnern, wo das nächste Hinweisschild zu finden war. Er musste wortreich erklären, wie die Damen am bequemsten zum Höhlental gelangten. Die hörten ihn aber schlecht, was ihn an seine Mutter erinnerte. So hatte er sich zwar erschrocken, aber nicht gewundert, dass die beiden ›Höllental‹ verstanden.

Der verstörte Ausdruck in ihren Gesichtern war auch dann nicht gewichen, als Hantsch die Begrifflichkeit stotternd richtigzustellen versuchte. Vielleicht hätte er sich die Worte sparen sollen, dass seine Frau Mutter dort ihre wohlverdiente und dringend nötige Ruhe gefunden habe.

Kurz vor seinem Zuhause in der Kötelbergerstraße war er

dann noch zwei jungen Leuten begegnet. Rastahaarig, bunt gefärbt, was nicht geschoren war, Metallringe und Knöpfe dort, wo der normale Mensch Sommersprossen, Pickel oder auch Pflaster vom ungeschickten Rasieren hatte. Die beiden hatten ihn dermaßen indiskret angestarrt, dass er über seine eigenen Füße stolperte.

Irgendwie waren ihm diese Gestalten bekannt vorgekommen und nun dämmerte ihm, dass es sich um Inkarnationen von Frau Seidlers Enkeln gehandelt haben musste. So sahen sie also inzwischen von Nahem aus.

Hantsch wusste nur, dass die Nachbarin Enkelbesuch hatte und die jungen Leute seit ein paar Tagen andauernd am offenen Mansardenfenster standen und wie ein Kraftwerk merkwürdig riechende Rauchwolken produzierten.

Früher hatten sie noch wie richtige Kinder ausgesehen. Kurze Hose oder kurzes Kleidchen und Hantsch erinnerte sich wehmütig daran, wie er die weich wirkenden, zart blau geäderten Kniekehlen des Mädchens angestarrt hatte. Natürlich stets durch den Maschendraht zwischen den Grundstücken, denn er war als Jugendlicher schon viel zu alt, um mit ihnen zu spielen, selbst wenn er gedurft hätte.

Seine Mutter hatte ihm allerdings eh verboten, mit den Nachbarkindern zu spielen. Er solle Hausaufgaben erledigen und lernen, hatte sie gesagt. Wenn er damit fertig wäre, solle er in Haus und Garten helfen. So blieb ihm nur der sehnsüchtige Blick auf die spielenden Kinder nebenan. Diese Erinnerung bescherte ihm ein Bild von Sonja vor dem inneren Auge.

Hantsch seufzte, streifte die Schuhe ab und schlurfte über knisternde Zeitungsseiten zur Küche.

Er fragte sich, ob mit seiner Nase etwas nicht stimmte, denn auch hier nahm er einen feinen Geruch von Verkohltem wahr.

Wenn er jetzt eine Partnerin hätte, könnte er sie fragen, ob sie das ebenfalls röche. Immerhin, so nah wie jetzt war er der Chance auf eine Freundin noch nie gewesen, obwohl die Vermarktung des Rauschgiftes unabdingbar für eine romantische Verbindung mit Sonja zu sein schien.

Seine Mutter hatte ihn oft gewarnt, dass es Weiber gäbe, die nur hinter dem Geld her wären. »Die jungen Dinger heutzutage wollen sich die Hände nicht mehr schmutzig machen. Die malen sich lieber an und gehen unanständig angezogen poussieren. Sieh dich nur vor, die machen dir schöne Augen, hängen dir ein Balg an und dann musst du dich für den Rest deines Lebens abrackern. So eine kommt mir nicht ins Haus. Dafür ist mir mein Junge zu schade.«

In dieser Form hielt sie ihm mit kleinen Variationen ihre Standardvorträge. Es gipfelte in Aussagen wie: »Fünf Minuten Rittmeister und zwanzig Jahre Zahlmeister.«

Hantsch wusste schon, dass damit etwas Schlüpfriges gemeint war. Trotzdem, für den Rittmeister würde er gerne zahlen, wenn ihm bloß endlich jemand zeigen würde, wie das mit dem Aufsteigen funktionierte.

Wenn Hantsch es recht bedachte, hielt er sich für eine gute Partie. Er hatte einen ordentlichen Job, trank nicht, konnte waschen, putzen und kochen. Kaffee vor allem, und, nun ja, immerhin noch Kartoffeln und Spiegeleier. Oder Schnitzel, die klappten meistens auch einigermaßen. Für Menschen mit festsitzenden Zähnen waren sie durchaus genießbar. Selbst das Bettenbeziehen ging ihm recht flüssig von der Hand.

Mitten in diese Überlegungen hinein klingelte es an der Tür. Zuerst nur zwei-, dreimal, dann Sturm. »Wo brennt es denn?«, rief Hantsch.

»Polizei. Öffnen Sie. Sofort.«

Hantsch bekam weiche Knie. Was nun? Hätte er doch bloß nicht gerufen, dann könnte er so tun, als sei er nicht zu Hause. »Mutti ist nicht da und ich darf nicht aufmachen« funktionierte leider schon lange nicht mehr.

Bevor Hantsch öffnete, blieb er kurz stehen und besah sich die ausgelegten Zeitungsseiten. Besser er räumte sie vorher geschwind weg, denn dafür hatte heutzutage kaum noch jemand Verständnis.

»Herr Hantsch, machen Sie die Tür auf oder wir müssen sie aufbrechen!«, brüllte es von draußen, kaum hatte er sich gebückt und die ersten Seiten aufgenommen.

Diese Ansage brachte ihn auf der Stelle wieder in die Senkrechte. Er entriegelte das Tür- sowie das Zusatzschloss, schob den Querriegel zurück, hakte die Sicherungskette aus und öffnete.

Direkt vor ihm stand ein uniformierter Polizist. Hantsch hatte den Eindruck, es sei derjenige, der schon heute früh in seinem Büro gewesen war. Obwohl die mit ihren Monturen und Kappen alle gleich aussahen, irgendwie.

»Ich bin kein Wildbret«, sagte Hantsch. »Was denken Sie sich eigentlich?«

Unter dem Mützenrand kräuselte sich die Beamtenstirn bedenklich. »Wildbret? Wieso Wildbret?«

»Sie haben gedroht, mich aufzubrechen! Ich bin sicher, dass dies nicht erlaubt ist«, schnappte Hantsch. »Ich wette, Ihnen fehlt zudem die waidmännische Erfahrung«, fügte er leiser hinzu.

Der Polizist starrte ihn verständnislos an.

An dem Uniformierten vorbei hielt eine Dame mit amtlicher Miene am ausgestreckten Arm ein Papier vor Hantschs Nase.

»Blumenthal, Kriminaloberkommissarin. Haussuchung«, sagte sie. »Sind Sie Herr Torsten Hantsch?«

»Ich glaube schon«, meinte Hantsch. »Aber ich weiß nicht, ob ich Ihnen helfen kann. Was für ein Haus suchen Sie denn?«

»Durchsuchen wollen wir! Wir haben einen Durchsuchungsbeschluss, können Sie nicht lesen?«

»Ähm, hier bei uns?«

»Ja, für dieses Haus. Treten Sie zur Seite.«

»Aber warum denn? Muss das wirklich sein?« Hantsch

bekam es mit der Angst zu tun. Eine Katastrophe bahnte sich an, sofern zum Haus auch der Keller zählte.

Der Uniformierte drängte sich hinein, schob Hantsch sanft vor sich her. Weil es knisterte, blickte er sichtlich überrascht zu Boden. Wie Herbstlaub staute sich Papier vor seinen Schuhspitzen. »Gott, was ist das denn?«

»Bitte seien Sie vorsichtig, ich habe das erst gestern frisch ausgelegt«, sagte Hantsch, während er gewahr wurde, dass sich noch mehr Menschen in den Flur drängten. Teils in Uniform, teils in Zivil. Unter dem Andrang knüllten sich die Zeitungsseiten zu Haufen vor den Wänden.

Er ließ die Schultern sacken und zog den Kopf so tief wie irgend möglich. Verloren. Alles war verloren. Nur eingeübte rituelle Reflexe ließen ihn fragen, ob die Herrschaften etwas trinken mochten, vielleicht einen Kaffee?

»Fangen Sie bloß nicht wieder an mit Ihren dümmlichen Mätzchen«, sagte der Letzte der Eintretenden.

Es war kein anderer als Tschiller, der norddeutsche Kommissar mit dem dauergenervten, aggressiven Gesichtsausdruck. Da der ihm schon im Urlaub auf Amrum, wo er über den Feuerlöscher mit dem Rauschgift gestolpert war, so zugesetzt hatte, meldete sich Hantschs Behördendenken zurück.

»Ach, Herr Kommissar Tschiller, guten Tag. Das ist aber eine Überraschung. Sind Sie hier wirklich zuständig? Wenn nicht, möchte ich Sie doch bitten …«

»Ich heiße Triller und bin Kriminalhauptkommissar, merken Sie sich das. Ich unterstütze die Oberkommissarin Blumenthal.«

»So, so«, murmelte Hantsch. Er blickte sorgenvoll den Beamten hinterher, die von der Kommissarin in die verschiedenen Räume dirigiert wurden. Dabei überlegte er, wie das ›Unterstützen‹ eine bundeslandübergreifende Amtshandlung sein könnte. »Kurtaxe«, sagte er spontan.

»Wie bitte?« Triller runzelte die Stirn.

»Haben Sie die Kurtaxe gezahlt? Zeigen Sie mir bitte den Beleg.«

Triller blieb der Mund offen stehen. »Ähm, Kollegin, kannst du mal eben kommen?«

Die Oberkommissarin trat näher. »Was ist los?«

»Ich wurde nach der Kurtaxe gefragt ...«

Blumenthal machte eine wegwerfende Handbewegung. »Kommen Sie mit, Herr Hantsch. Sie müssen mir ein paar Dinge erklären. Gibt es Kammern und Abseiten? Leben Sie alleine hier?«

Hantsch trottete hinter ihr her, aber nicht ohne weitere Erläuterungen. »Die Kurtaxe ist die von einem Gast an einem Kurort zu zahlende Gebühr, die für den besonderen Pflege- und Erhaltungsaufwand der Kuranlagen und öffentlichen Plätze verwendet wird. Kurtaxpflichtig ist jeder, der sich im Kurbezirk aufhält, ohne dort seine Hauptwohnung als tatsächlichen Schwerpunkt der Lebensbeziehungen zu haben. Von der Kurtaxe befreit sind Kinder bis zur Vollendung des zwölften Lebensjahres, Teilnehmer an den von der Kurverwaltung anerkannten Kongressen, Tagungen, Lehrgängen und vergleichbaren Veranstaltungen sowie Kinder, Kindeskinder, Geschwister und Geschwisterkinder, Eltern, Großeltern und Schwiegereltern, Schwiegertöchter, Schwiegersöhne, Schwäger und Schwägerinnen von Personen, die im Erhebungsgebiet ihre Hauptwohnung haben oder in einem Arbeits- oder Ausbildungsverhältnis stehen, wenn sie ohne Entgelt oder Kostenerstattung in die häusliche Gemeinschaft aufgenommen werden.«

»Was reden Sie da für einen Unsinn?«

»Das ist kein Unsinn! Das ist die Kurtaxordnung für die niedersächsischen Staatsbäder vom 16. Dezember 1985, zuletzt geändert durch Artikel zwei der Verordnung ...«

»Was soll das, Herr Hantsch? Seit wann müssen Staatsbedienstete Kurtaxe zahlen?« Blumenthal wirkte allmählich ziemlich ungehalten.

»Von der Kurtaxe befreit sind außerdem Personen, die sich ausschließlich zur Ausübung ihres Berufes ...«

»Wir sind beruflich hier, also hören Sie jetzt endlich mit diesem Quatsch auf!«

»Herr Tschiller ist also auch beruflich hier? Er gehört immerhin der Behörde eines anderen Bundeslandes an.«

Die Oberkommissarin stutzte, wollte etwas sagen, fand aber anscheinend nicht die richtigen Worte.

Hantsch war nun in seinem Element. Er liebte klare und eindeutige Vorschriften und sein Gehirn war durch lange Übung so strukturiert, dass er sich fast alles im Wortlaut merken und bei passender Gelegenheit abspulen konnte.

»Von der Kurtaxe werden auf Antrag befreit Schwerbehinderte mit einer festgestellten Minderung der Erwerbsfähigkeit von hundert, Begleitpersonen von Schwerbehinderten, wenn diese einer ständigen Begleitung bedürfen und die Begleitperson selbst keine Kurmittel in Anspruch nimmt, Ortsfremde, die während des Kuraufenthaltes erkranken und dadurch keine Kurmittel in Anspruch nehmen können ...«

»Wenn Sie nicht gleich still sind ...«

Hantsch ließ sich nicht beirren. »Ist Herr Tschiller schwerbehindert oder Begleitperson eines Schwerbehinderten und hat eine Befreiung beantragt?«

»Behinderung der Ermittlungen, Festnahme«, zischte Blumenthal.

Hantsch erstarrte. »Die Kurverwaltung kann in anderen Einzelfällen von der Kurtaxe befreien, wenn es das Interesse des Staatsbades rechtfertigt oder eine soziale Härte vorliegt«, murmelte er schnell und senkte den Kopf.

»Mann, Mann, Mann«, brummte die Kommissarin. »So einen ähnlichen Auftritt müssen Sie schon gestern hingelegt haben, als sich die Kollegen nach Ihrem Chef erkundigen wollten. Warum machen Sie das, Herr Hantsch?«

»Warum mache ich was?«

Blumenthal starrte ihn einen Moment lang schweigend an.

»Lassen wir das«, sagte sie. »Jedenfalls haben Sie sich entweder respektlos oder verdächtig verhalten. Das passt zu dem Amtshilfeersuchen. Wenn Sie einen Feuerlöscher mit Rauschgift in Ihrem Besitz haben, sagen Sie uns wo. Wir finden ihn zwar eh, aber dann brauchen wir nicht zu suchen.«

Hantsch wischte sich die feuchten Hände an der Hose ab. »Wenn sich tatsächlich ein solches Objekt in meinem Besitz befände, warum sollte ich das …?«

»Sagen wir, weil nach der Durchsuchung die Ordnung eine andere sein könnte«, erwiderte Blumenthal grimmig.

Hantschs Hände wurden trotz des fortwährenden Abwischens stetig feuchter. »Aber Sie suchen doch trotzdem ganz bestimmt, selbst wenn ich Ihnen wahrheitsgemäß berichte, dass ich weder im Haus noch auf dem Grundstück solch ein Objekt lagere.«

»Dann verraten Sie uns, wo Sie es sonst lagern«, schnappte Triller, der unruhig von einem Fuß auf den anderen trat.

»Ich lagere kein Rauschgift. Und wenn Sie austreten müssen, dort ist die Toilette«, bemerkte Hantsch. Er hatte das Gefühl, es würde langsam Zeit, dass er sich zur Wehr setzte.

Die Haustür stand noch offen und weitere Polizisten kamen herein. Inzwischen herrschte fast so ein Gedrängel wie im Kursaal an der Bar, wenn beim Tanztee die Happy Hour ausgerufen wurde.

Blumenthal schickte einige der Beamten nach draußen, um das Grundstück und die Garage zu inspizieren.

Hantsch wollte denen folgen, die ins Obergeschoss geschickt wurden.

»Sie bleiben schön bei mir«, bemerkte Oberkommissarin Blumenthal. »Vielleicht überlegen Sie noch mal, ob Sie nicht doch irgendwo einen Feuerlöscher mit Rauschgift verstecken. Außerdem haben Sie mir nicht auf meine Frage nach Kammern und Abseiten geantwortet.«

»Seien Sie versichert, hier lagert weder Rauschgift noch gibt es Kammern und Abseiten«, rief Hantsch.

»Wir kontrollieren das besser. Sie glauben gar nicht, welche Überraschungsfunde wir schon bei Haussuchungen gemacht haben. Waffen, Schmuggelzigaretten, Schweinebildchen, Hehlerware und so weiter. Wissen Sie, was das Verrückte daran ist? Die Leute, bei denen wir das finden, sind meistens selbst völlig ahnungslos und können sich nicht erklären, wie so was ins Haus gekommen sein könnte. Sogar Leichen haben wir schon entdeckt. Da machen die Bewohner aber große Augen. Dabei können sie eigentlich froh sein, dass wir die gefunden haben und wegschaffen. Stellen Sie sich nur vor, was da sonst für ein Gestank entsteht. Das kriegen Sie nie mehr aus den Polstern.«

Schäbig wirkte das Grinsen der Oberkommissarin auf Hantsch. Er fragte sich, ob sie ihn auf den Arm nehmen wollte. Andererseits fühlte er sich ertappt und bloßgestellt. Wusste sie etwas und ließ ihn zappeln?

»Ist Ihnen nicht gut, Herr Hantsch?«, wollte Triller wissen. »Sie sehen ein wenig blass um die Nase aus.«

»Nein, nein, bloß die Aufregung«, stotterte Hantsch. »Ich dachte nur, wenn es Banden gibt, die Leuten solche Sachen in die Häuser tragen, müsste doch irgendwas dagegen getan werden. Das ist fast noch schlimmer als Diebstahl.«

Blumenthal und Triller wechselten einen Blick, den Hantsch nicht zu deuten verstand. Sollte er sie etwa auf eine naheliegende, doch bis jetzt unentdeckte Idee gebracht haben?

Ein Polizist polterte die Treppe herunter. »Oben ist alles sauber. Wir wollten uns noch den Dachboden ansehen, aber an der Bodentreppe fehlt der Entriegelungshaken für die Stange.«

Blumenthal drehte sich zu Hantsch. »Wo ist der Haken? Warum ist der nicht da, wo er hingehört?«

»Ja, Sie haben recht, der ist nicht da, wo er hingehört. Die Sache mit dem Haken hat einen Haken. Der Haken ist irgendwie ausgehakt und verschwunden. Ich habe lange erfolglos danach gesucht und mir die Hacken abgelaufen, um einen neuen zu erwerben, aber einzeln gibt es die nicht. Ich habe ihn dann, ähm … abgehakt.«

»Verraten Sie uns, wie Sie auf den Dachboden kommen. Und lassen Sie das alberne Kalauern.«

»Welches Kalauern?«

»Das … Ach egal! Wie öffnen Sie die Luke der Bodentreppe?«

Hantsch hob bedauernd die Schultern. »Ich öffne die Luke nie. Ich warte, bis der Schornsteinfeger kommt. Der kennt einen Trick. Aber dieses Jahr war er schon hier. Da müssten Sie sich also bis zum nächsten Frühjahr gedulden.«

Blumenthal schlug mit der flachen Hand auf den Küchentisch. »Das wird mir langsam zu dumm mit Ihnen. Wir müssen da oben nachschauen, und zwar sofort.«

»Ich kann den Schornsteinfeger anrufen. Das ist ein ganz umgänglicher Mensch, der kommt bestimmt mal außer der Reihe und öffnet. Soll ich?« Hantsch sah sich nach dem Telefon um.

»Sie sind jetzt besser still, Herr Hantsch.« Damit wandte sich Blumenthal wieder dem Polizisten zu, der mit hochgezogenen Brauen dem Gespräch gelauscht hatte. »Frag bei den Kollegen, ob sich einer mit der Technik auskennt. Sonst müssen wir einen Techniker anfordern. Aber so lange wollte ich mich hier eigentlich nicht aufhalten.«

Der Polizist stiefelte kopfschüttelnd davon.

Mit den Worten »Ich kann das!« folgte Triller dem Uniformierten.

»So, Herr Hantsch, wir haben zu reden. Nehmen Sie Platz«, sagte Blumenthal.

»Hier am Küchentisch?«

»Nein, im Kartoffelkeller natürlich«, erwiderte die Oberkommissarin mit deutlicher Schärfe in der Stimme.

Er sah sich unsicher um. »Ähm, da gibt es aber keine Sitz…«

»Das war eine ironische Bemerkung, Herr Hantsch. Sie haben dafür offenbar kein Gespür. Also lassen wir das.«

Hantsch wollte widersprechen, die Oberkommissarin gebot ihm jedoch mit einer Handbewegung Schweigen und fuhr fort: »Andererseits drängt sich mir der Eindruck auf, Sie stellen sich absichtlich dumm. Damit sind Sie bei mir an der falschen Adresse. Sie setzen sich jetzt auf der Stelle hin.«

Hantsch ging vorsichtig in die Knie, wobei er sich, um sein Gleichgewicht zu halten, am Küchentisch festhielt.

»Nicht auf den Boden, Herrgott. Sie machen mich wahnsinnig! Auf den Stuhl vor Ihrer Nase«, schnauzte Kommissarin Blumenthal.

»Ja, das ist auch viel bequemer ...« Hantsch brach ab, denn der Gesichtsausdruck der Oberkommissarin glich dem eines Kampfhundes kurz vorm Zuschnappen.

Komisch, dachte er, während er den Stuhl unter dem Tisch vorzog. Warum regen die Beamten sich so auf, wenn man Fragen korrekt beantwortet oder Anweisungen exakt befolgt? Wenn sie etwas anderes meinten, warum sagten sie es dann nicht?

»Das liegt bestimmt an der Verbeamtung«, murmelte er.

»Wie bitte?«

»Diese Art, sich auszudrücken. Ist bestimmt schwierig, das zu lernen. Aber ich würde es versuchen, wenn mir dann die Verbeamtung winkte.«

»Ich weiß nicht, wovon Sie reden. Halt, keine Erklärung, das interessiert mich auch nicht. Ich möchte, dass Sie mir ein paar Fragen beantworten. Aber ohne Kalauer und ohne absichtliches Missverstehen. Ist das klar?«

»Nein«, anwortete Hantsch vollkommen wahrheitsgemäß.

Die Oberkommissarin stieß ein Zischen aus, es klang wie der Dampfkochtopf, den Hantschs Mutter oft benutzte, um für mindestens eine Woche Suppe aus all dem zu kochen, was im Gemüsebeet wagte, den Kopf aus der Erde zu strecken. Meistens kam noch eine Tranche Paarhuferextremitäten dazu.

»Bin ich froh, dass ich keine Suppe mehr essen muss«,

murmelte Hantsch. »Manchmal gab's die jeden Tag, mittags und abends.«

Ein Uniformierter schaute zur Küchentür herein. »Der Kollege Triller hat's gleich auf«, meinte er.

Blumenthal erhob sich ruckartig und stürmte hinaus.

Hantsch folgte langsam.

Am oberen Treppenende stand der Hauptkommissar auf einem Stuhl und stocherte mit einem Schraubenzieher im Schlitz des Verschlusses der Bodentreppe herum. »Hab's gleich«, presste er hervor. Er schob, winkelte ab, drückte nach vorne und zurück, dann ließ er aufseufzend die Arme sinken. »Das Dreckding klemmt.« Er schlug mit der Faust gegen die Luke und bückte sich, um vom Stuhl herunterzusteigen.

In diesem Moment öffnete die Bodentreppe ihr Maul, schwang quietschend herab und fegte den Kriminalkommissar beiseite.

Ein Uniformierter hob die Arme, um ihn aufzufangen, wurde aber vom Schwung der Masse mitgerisssen. Das Polizeipaket flog in Blumenthal hinein, die auf der obersten Stufe stand. Sie konnte sich gerade noch am Geländer festhalten und die beiden Männer vor dem weiteren Absturz bewahren.

Das Entknäulen nahm einige Zeit in Anspruch und war von intensivem Stöhnen begleitet.

»Scheiße«, keuchte Triller. »Scheiße, Scheiße.«

Hantsch sah eine blutende Platzwunde an seiner Polizistenstirn.

»Soll ich einen Krankenwagen rufen?«, fragte einer der Uniformierten.

»Ach was«, rief Triller, »wegen diesem Scheißding doch nicht.« Er hielt sich die Stirn und bemerkte das Blut. »Handtuch«, sagte er zu einem Kollegen und wies auf die offen stehende Tür des Badezimmers.

Hantsch wollte protestieren, wusste er doch, dass Blutflecken nur schwer auszuwaschen waren. Aber er zwang sich, diesen Impuls zu unterdrücken, denn er wollte nicht als hartherzig und kleinlich dastehen. Wenn die Uniformierten bei der Durchsuchung demnächst auf den Chef im Keller stießen, könnte er jede freundliche Geste gut gebrauchen, damit ihm nicht als Unmensch jegliche mildernden Umstände verwehrt werden würden. »Ich habe auch Pflaster und Jod«, rief er deswegen hinauf.

Niemand hörte auf ihn.

Triller wickelte sich das Handtuch um den Kopf. Die langen Enden fielen vom Knoten auf seine Schulter hinab. »Worauf wartet ihr?«, rief er den Beamten zu. Dabei wies er auf die Luke zum Dachboden.

Hantsch fand, er sah jetzt aus wie Lawrence von Arabien und konnte sich nicht verkneifen, kichernd »Akaba!« zu rufen.

Ein Uniformierter zog die Leiter aus und stieg, gefolgt von etlichen Kollegen, hinauf.

»Nicht alle«, rief die Kommissarin. »Wir haben auch noch den Keller vor uns.«

Hantsch lehnte sich gegen die Flurwand und schloss die Augen. Jetzt würde es nicht mehr lange dauern, bis die Häscher ihn in Bande schlugen. Dabei trug er gar keinen Dolch im Gewande.

*

»Wollt ihr mal was richtig Geiles testen?«, fragte Anna so beiläufig wie möglich.

»Hä?«, machte Per. »Hast du was gegen den *Harzgeist?*« Die Flasche mit dem braunen Inhalt lag in seinem Schoß. Viel fehlte noch nicht, aber sowohl er als auch die anderen hatten bereits glasige Blicke.

»Nee, aber der Alk macht euch platt. Wir haben was, das bringt euch auf Touren.«

»Und das wäre?«, wollte Kathi wissen. Wenn sie sprach, wippte meistens eine Kippe zwischen ihren Lippen auf und ab.

Anna sah sich kurz um. »Koks«, flüsterte sie.

»Koks? Echt?« Der Moppel, dessen Namen Anna dauernd vergaß, Mahir oder Murat, jedenfalls was mit M, beugte sich von der nächsten Bank herüber.

Anna wechselte einen kurzen Blick mit ihrem Bruder. Sie hatten die Bande an der Angel. Jetzt hieß es, doppelt vorsichtig sein. Diese Landeier benahmen sich dermaßen unbekümmert, als gäbe es die Polizei nur in Großstädten.

Wenigstens hatten sie sich zum Saufen in diesen lauschigen Winkel des Kurparks zurückgezogen. Dichtes Gesträuch schirmte die Sitzbänke gegen die offenen Wiesen nach drei Seiten hin ab.

Allerdings war der Park der erste Platz, an dem die Staatsmacht kontrollieren kam, denn die Kurgäste verzogen sich regelmäßig, wenn die Jugendlichen anrückten. Wahrscheinlich gierten die Alten nach Lungenzügen, die ihnen vom Arzt verboten worden waren, nachdem sie jahrelang gequalmt hatten, so viel sie konnten. Den Anblick rauchenden Jungvolks ertrugen sie nicht, wenn sie mühsam auf ihren Raucherbeinen ins Kurhaus humpelten, um sich zum Heilstollen fahren zu lassen. Bergauf konnten sie ja nicht mehr, wegen ihrer Kurzatmigkeit. Im Stollen verging ihnen die Lust aufs Rauchen gründlich, stattdessen hechelten sie so lange saubere Luft, bis sich die Zunge wie Frühstücksfleisch anfühlte. Wer selbst nicht mehr rauchen durfte, wollte niemanden sehen, der nach Lust und Laune qualmte.

Malte nickte. Er stand auf und schlenderte ein paar Meter in Richtung des Hauptwegs. Dort sah er sich um, schnäuzte sich und nickte Anna nochmals zu.

»Also, wer möchte? Mit einem Fünfer pro Linie seid ihr dabei.«

»Zeig erst mal, was du da hast. Ich kenne mich mit dem Zeug aus«, meinte die dürre Blonde.

Anna spürte eine leichte Verunsicherung. Eine Expertin unter den Testpersonen war das Letzte, was sie gebrauchen konnten. Allerdings wäre eine Pseudoexpertin noch schlimmer. Die könnte behaupten, der Stoff sei gepanschter Mist, und so das Geschäft gründlich verderben.

Sie sah sich Hilfe suchend nach Malte um. Der stand mit dem Rücken zu ihr und hatte ein Taschentuch vor der Nase. Es blieb ihr nichts anderes übrig, als das Päckchen mit dem Stoff rauszuholen.

»Das ist doch gepanschter Mist«, sagte die Blonde prompt.

»Woher willst du das denn wissen?«, fragte Anna wütend. »Mein Bruder hat es getestet, das flasht voll. Aber wenn du nicht willst, bleibst du eben beim *Harzgeist.* Der ist ja überhaupt kein bisschen gepanscht, nie.«

Ein pickeliger Bursche, den Anna zuvor noch nie gesehen hatte, drängte sich aus dem Hintergrund vor. »Ich probier das jetzt.« Er wedelte mit einem Geldschein.

Anna nahm den Fünfer entgegen und ließ sich das Handy des Typen hinhalten. Vorsichtig schaufelte sie mit einem Zuckerlöffelchen aus Omas gutem Service eine Portion Stoff auf das Display und reichte dem Tester einen kurz geschnittenen Strohhalm.

Die ganze Bande beobachtete gespannt, wie der Pickelige unter Annas Anleitung eine Linie formte und die ersten Millimeter davon in die Nase zog. Auf der Stelle schnitt er eine Grimasse und musste niesen. Wenn er dabei das Handy aus der Schusslinie bewegt hätte, wäre das Pulver nicht gegen schaumigen Rotz getauscht worden.

»Pickelfresse, du bist so eklig«, stöhnte Kathi.

Der so Angesprochene zuckte mit den Schultern. »Boah, das kommt voll gut«, sagte er, wischte das Handy an seiner Hose ab und hielt es Anna wieder hin. »Krieg ich noch was?«

»Jetzt bin ich erst dran«, meinte Per. »Halt mal.« Er reichte der Blonden den *Harzgeist.*

Anna kassierte und verteilte Stoff und Strohhalmstücke.

Zwischendurch sah sie immer wieder zu Malte hinüber, aber von dort kam keine Warnung. Vermutlich wirkte er auf die kurenden Rentner so abschreckend, wie er dastand und sich fast ununterbrochen schnäuzen musste, dass sie einen Bogen um diese Ecke des Parks schlugen.

Pickelfresse, den es anscheinend nicht störte, so genannt zu werden, investierte weitere fünfzehn Euro. Mit tränenden Augen und tropfender Nase schwankte er umher, trank *Harzgeist* und verkündete lautstark, wie voll geil das Zeug flashte.

Per und Kathi kicherten ununterbrochen, wenn sie sich nicht gerade schnäuzen mussten oder ausspuckten. Der Schnaps kreiste. Selbst die Blonde zog schließlich eine Linie und behauptete, dass die Panscherei den Stoff eher verbessert denn verschlechtert habe.

Die rauschhafte Stimmung in Verbindung mit der Lautstärke verhinderte, dass sie rechtzeitig bemerkten, wie ein Mann aus dem schon etwas schütteren Gebüsch heraussprang und sich vor ihnen aufbaute.

»Aha!«, rief er. »Dachte ich mir doch, dass ihr illegale Drogen konsumiert. Das könnt ihr euch hier nicht so ohne Weiteres herausnehmen.«

Anna sah ihn nur erschrocken an, konnte aber ihre Beine nicht zum Wegrennen bewegen. Sie fühlten sich an, als wären alle Knochen in die Ferien gefahren.

Der Mann sah irgendwie merkwürdig aus. Er trug eine grüne Latzhose mit dem Wappen von Bad Gruntz auf der Brusttasche. Dazu eine Warnjacke mit reflektierenden Streifen und eine Bommelmütze.

Er betrachtete die Jugendlichen mit in die Hüften gestemmten Fäusten und nickte langsam. »Ich kenne euch alle«, sagte er. »Verschwindet jetzt.«

Dieser Aufforderung kamen sie sichtlich gerne nach. Schwankend, schlurfend und schniefend machten sie sich davon.

»Die Versuchskaninchen brauchen wir nicht mehr«, meinte der Mann zu Anna. »Aber du bleibst und das Dreadlockbürschchen auch.«

*

Das leise Knarren der Kellertür klang in Hantschs Ohren wie das Schließen eines Sargdeckels über ihm. Er schalt sich einen Dummkopf, weil er den Schlüssel nicht abgezogen und sicher verwahrt hatte.

»Wo ist der Lichtschalter?«, hörte er den Polizisten fragen.

»Zeige ich Ihnen. Hoffentlich ist das Leuchtmittel nicht defekt«, rief Hantsch hastig. Er wollte sich vom Küchenstuhl erheben, auf den ihn die Oberkommissarin befohlen hatte.

Doch Blumenthal stoppte ihn mit einem energischen: »Sie bleiben hier!«

»Beachten Sie bitte das Schild. Die Treppe ist steil und rutschig und ein Geländer gibt es nicht. Meiner Frau Mutter ist dort auch einmal ein Malheur widerfahren«, schob Hantsch eilig nach.

Blumenthal verließ die Küche. Im Flur sprach sie mit irgendeinem der Kollegen.

Hantsch zog den Kopf zwischen die Schultern und wartete auf den Ausruf, es sei etwas Entsetzliches gefunden worden.

Nichts dergleichen geschah. Stattdessen vernahm er Stimmengewirr, das er sich nicht erklären konnte. Aus den Geräuschen schälte sich ein kratziges Geheule heraus. »Komm auf die Schaukel, Luise«, meinte Hantsch zu hören.

Die Stimme ließ ihn erstarren. Er senkte den Kopf auf die Tischplatte. Mithilfe des Jacketts, das über der Stuhllehne hing, versteckte er sich in einem dunklen Kokon. Leider roch der deutlich verbrannt.

»Herr Hantsch, was machen Sie da? Warum haben Sie uns nicht gesagt, dass Sie Besuch haben?«, fragte Blumenthal. Offenbar war sie wieder in die Küche gekommen.

»Kopfweh«, erwiderte Hantsch. Er rührte sich nicht.

»Lassen Sie endlich diese Faxen. Wenn Sie sich weiterhin so dumm stellen, werden wir einen Grund zur Festnahme finden.«

»Ich kann nichts dafür. Das war schon so«, murmelte Hantsch.

Das Jackett wurde weggerissen.

Er blinzelte gegen die Helligkeit an.

Die Oberkommissarin beugte sich zu ihm herab. »Also, was sind das für Leute in Ihrem Keller?«

»Welche Leute?«

Triller betrat die Küche. »Diesen hier kenne ich«, sagte er. Dabei schob er einen untersetzten, stoppelbärtigen und auch sonst recht ungepflegten Mann vor sich her.

»Herr Jensen«, hauchte Hantsch kraftlos. »Ein Wunder ist geschehen. Eine Gestaltwandlung. Wie haben Sie das hinbekommen?«

»›Gestaltwandlung‹? Ach was«, rief Triller. »Das ist noch genau derselbe Halunke wie letzten Monat.«

Petter Jensens Erscheinen machte die Situation für Hantsch nicht angenehmer. Eher im Gegenteil. Er hatte ein schlechtes Gewissen, fühlte sich irgendwie schuldig und bloßgestellt. Schließlich hatte er seinen ehemaligen Komplizen um dessen Anteil an der Beute gebracht.

»Wer hier ein Halunke ist, steht noch nicht fest«, knurrte Jensen. Dabei sah er von Hantsch zu Triller und zurück.

»Nehmen Sie die Personalien dieser Leute auf, damit wir hier fertig werden«, sagte die Oberkommissarin zu einem der Uniformierten. »Von Ihnen, Herr Hantsch, möchte ich wissen, warum ein zerfetzter Sessel im Kellergang liegt.«

»Das würde mich auch interessieren. Das ist der einzige ordentliche Sitz da unten, aber völlig kaputt. Wo soll man sich sonst hinsetzen?«, meinte Jensen.

»Ich darf so viele zerfetzte Sessel im Kellergang haben, wie ich will!«, schrie Hantsch in einer jähen Aufwallung von

Widerstandsgeist. »Ich kann jeden Tag einen zerfetzen und runterschmeißen. Und wenn ich keine mehr habe, kaufe ich neue. Nur zum Zerfetzen …«

»Beruhigen Sie sich, Herr Hantsch. Ich möchte lediglich den Grund dafür wissen. Es macht Ihnen also Spaß, Sessel zu zerfetzen?« Die Kommissarin bemühte sich um einen ruhigen Ton.

»Bei dem spinnerten Döspaddel ist alles möglich«, meinte Jensen.

»Würden Sie sich gefälligst heraushalten?« Oberkommissarin Blumenthal winkte einen Kollegen herbei. »Bring diesen Herrn in ein anderes Zimmer, nimm die Personalien auf und notiere, was er hier macht und woher er Herrn Hantsch kennt.«

»Du bist die Chefin, was?«, fragte Jensen. »Trägst du manchmal auch Uniform? So mit Röckchen, das finde ich schmuck.«

»Raus!«, brüllte Blumenthal. »Noch eine solche Bemerkung, dann …« Sie lief rot an.

»Ui, ui, ui«, brummte Jensen, »bitte nicht die Peitsche.«

Aus Rot wurde nahezu Violett. »Leinbach, nimm ihn fest!«

Der Angesprochene zog Jensen aus der Küche.

»Wer glaubt, er kann mir auf der Nase herumtanzen und mich zum Narren halten, hat sich geschnitten«, murmelte die Oberkommissarin schwer atmend. »Das gilt auch für Sie, Herr Hantsch, das können Sie mir glauben«, fuhr sie lauter fort. Sie setzte sich ihm gegenüber. »Sie haben meine Frage noch nicht beantwortet.«

»Welche Ihrer Fragen?«

Kommissarin Blumenthal war augenscheinlich erneut auf dem besten Weg zu einem cholerischen Anfall, als sie von einem Uniformierten gestört wurde, der einen roten Stahlbehälter hereintrug. »Wir haben draußen diesen Feuerlöscher gefunden.«

Die Oberkommissarin sprang auf. »Wo?«

»Neben dem Kompost. Er war in dem Spalt zwischen Zaun und der Hütte im Nachbargarten versteckt.«

»Moment, verstehe ich das richtig? Den Feuerlöscher habt ihr vom Nachbargrundstück geholt?«

»Ja, schon. Aber er war gut versteckt. Da wuchert so ein Gestrüpp aus Brombeerranken, Brennnesseln und anderem Unkraut. Genau da hat ihn jemand reingeschoben.«

Blumenthal kniff die Lippen zusammen. »Wir müssen ihn sofort auf Fingerabdrücke untersuchen.«

»Das hat der Kollege auch schon gesagt. Er kommt gleich und kümmert sich darum. Wollte nur erst noch ein bisschen von dem Unkraut pflücken, um Vergleichsproben zu haben oder so.«

*

Malte wusste, dass ihn manche seiner Freunde wegen seiner pazifistischen Einstellung für einen Feigling hielten. Es störte ihn nur wenig, denn er selbst dachte von sich erheblich wohlwollender. Vernünftig war er, gar konziliant, und stets um Deeskalation bemüht. Die Interessen und Bedürfnisse anderer zu respektieren, konnte schließlich nicht falsch sein. Also hatte er in der Schule häufig Klassenkameraden abschreiben lassen oder ihnen Lösungen zugeflüstert. Selbst wenn er wusste, dass sie nicht richtig waren. Zugegeben, das war meistens der Fall. Aber wer in der Klemme steckte, griff eben nach jedem Strohhalm und scherte sich zunächst nicht darum, ob der zu kurz geraten sein könnte.

Deswegen überlegte Malte, ob er der Aufforderung seiner Schwester folgen und sich zum Typen mit der Latzhose gesellen sollte. Anna kam in der Regel gut alleine klar. Wenn sie mit ihren Wimpern über den braunen Augen wedelte, konnten ihr gerade ältere Kerle nicht widerstehen. Für das bisschen Koks würde ihr schon eine passende Ausrede einfallen. Käme er dazu, würde alles nur komplizierter werden.

Seine Schwester winkte immer energischer und rief ihn nun auch. Der Typ hatte ihr die Tasche abgenommen und kramte darin herum.

Malte zögerte immer noch. Wer war der Kerl? Ein Zivilbulle vielleicht, aber dass der alleine unterwegs sein sollte, das schien ihm dann doch ziemlich unwahrscheinlich. Eher ein Parkwächter, also ein von der Kurverwaltung ausgeschickter Wadenbeißer, der sich mithilfe seines Amtsbonus aufspielte.

Die Entscheidung fiel spontan, als Malte sah, wie der Typ das Päckchen mit dem Stoff einsteckte und Anna die Tasche zurückgab. Er trabte los. Von der Eintrittskarte zu einem unbeschwerten Leben durfte sich dieser Wegelagerer keine Ecke abreißen. Nicht mal einen Fitzel.

»Was machen Sie da?«, rief Malte beim Herankommen. »Geben Sie meiner Schwester ihr Eigentum zurück.«

Der Mann hakte die Daumen hinter die Latzhosenträger. »Du kannst ja die Polizei rufen, wenn du meinst, euch geschähe Unrecht.«

Malte blieb stehen und schnäuzte sich. Der Mistkerl kannte ihre Schwachstelle. Andere Optionen hatte er auch nicht, denn der Typ sah aus, als habe er ein paar Sparringsrunden mit einem Profiboxer absolviert. Sein Gesicht war verbeult und fleckig und wenn Malte sich nicht sehr täuschte, verbarg die Mütze einen Kopfverband. Falls das Innenfutter nicht schneeweiß war und sich leicht nach außen stülpte.

»Besser ist, wenn das unter uns bleibt. Wir könnten teilen. So ein Interessenkonflikt muss ja nicht gleich eskalieren«, sagte Malte vorsichtig.

»Du bist gar nicht so dumm, wie du aussiehst«, erwiderte der Typ.

Malte nahm die Frechheit gelassen hin. Was die Ästhetik betraf, fühlte er sich haushoch überlegen. Außerdem würde er bei Gelegenheit passend herausgeben.

»Sie kriegen die Hälfte des Päckchens ab. Damit können

Sie sich ein paar schöne Tage machen. Außer uns erfährt niemand davon und wir sind gewaschen und gebürstet. Okay?« Malte war ziemlich stolz auf seine coole Ansprache.

Der Typ hatte dafür allerdings kein Ohr. »Du willst mich wohl billig über den Löffel balbieren. Dazu musst du früher aufstehen, Jungchen. Ich weiß, dass es noch ein paar Kilo mehr von dem Schnee gibt.«

»Woher?«, entfuhr es Malte. Dafür erntete er einen bösen Blick von Anna. »Ich meine, woher wollen Sie das wissen? Es stimmt nämlich gar nicht«, fügte er eilig hinzu.

Der Mann stemmte die Fäuste in die Hüften. »Ihr haltet mich anscheinend für einen Einfaltspinsel wie euren Nachbarn. Aber da täuscht ihr euch gewaltig, verstanden?«

Malte wechselte einen Blick mit seiner Schwester. Anna zog die Augenbrauen hoch und zuckte mit den Schultern. »Was wollen Sie von uns?«, fragte sie schnippisch.

Der Mann verzog den Mund zu einem Grinsen, das ihm jedoch entglitt. Er hielt sich die linke Gesichtshälfte und stöhnte leise. »Ihr gebt mir den Schnee und ich mache ihn zu Geld. Davon bekommt ihr was ab«, sagte er gepresst.

»Nee, nee«, meinte Anna promt. »Wir verkaufen und geben Ihnen was ab.«

»Davon versteht ihr doch überhaupt nichts. Es braucht für solche dicken Dinger einen gewieften Geschäftsmann. Ich mache das.«

»Entweder wir oder niemand«, sagte Anna mit Nachdruck.

»Ich glaube, ich muss hier andere Saiten aufziehen«, erwiderte der Mann. »Wenn ihr euch weigert, ist ruckzuck die Polizei im Spiel. Ihr wandert in den Bau. Dann heißt's ade Disco und Partys. So versaut ihr euch euer junges Leben.«

»Ach ja? Sie hängen dann aber auch mit drin«, meinte Anna.

Malte fand, seine Schwester schlug sich recht wacker. Sollte Anna mal machen. Wenn es eng wurde, konnte er immer noch eingreifen. Und sein Schnupfen störte beim Reden ohnehin.

Der Mann versuchte zu lachen, was in einer offensichtlich schmerzbedingten Grimasse endete. »Da täuscht ihr euch gewaltig. Ich habe ein paar richtig gute Kontakte zur Polizei. Die Beamten brauchen gelegentlich auch mal mehr Geld, als die Besoldung hergibt. Was meint ihr, was die Drogenfahndung so alles für den Eigenbedarf beiseiteschafft?«

»Das sind doch Märchen«, rief Anna.

»O nein, bestimmt nicht. Aber wenn ihr es drauf ankommen lassen wollt … Wäre schade, weil dann noch ein paar mehr die Hand aufhalten und für mich weniger überbleibt. Aber wenn's anders nicht möglich ist … Ihr geht dann auf jeden Fall leer aus.«

Anna sah Malte Hilfe suchend an. Dazu kaute sie auf ihrer Unterlippe, als habe sie nichts zum Mittag bekommen.

»Schon mal was von der normativen Macht des Faktischen gehört?«, fragte Malte.

»Was redest du für einen Mist, Junge?«

»Das ist Rechtsphilosophie, werter Herr. ›Faktisch‹ heißt in diesem Fall, dass wir etwas haben, das Sie begehren. Solange es in unserem Besitz ist, bleibt Ihr Begehren unerfüllt. Diesen Zustand wollen wir beibehalten, selbst wenn Sie gute Argumente finden, ihn zu ändern. Ein Argument ist jedoch nicht die Ausführung oder Änderung selbst, sondern bleibt eine Fakten ersetzende Kraft des Phraseologischen …« Malte brach ab, weil er sich schnäuzen musste und der Mann ihn mit offenem Mund anstarrte.

»Ist es das, was ihr heute lernt? Wirres Gequatsche ohne Hand und Fuß? Das reicht jetzt. Entweder oder.« Der Mann zog ein Handy aus der Brusttasche der Latzhose. »Die Polizei habe ich schon einprogrammiert.«

»Ein Diskurs dependiert von kommunikativer Kompetenz und Präsenz der Diskutanten«, murmelte Malte.

»Keine Polizei!«, rief Anna. »Wir werden uns bestimmt einig.«

Der Mann ließ die Hand mit dem zum Wählen bereiten

Finger sinken. Er zuckte mit dem Kopf in Maltes Richtung. »Kannst du den abstellen? Sonst muss ich ihm das Maul stopfen. Ich bekomme Kopfweh von dem Gequatsche.«

*

Hantsch starrte den Feuerlöscher an. Der sah ganz anders aus, als er ihn in Erinnerung hatte. »Irgendwas stimmt hier nicht«, murmelte er. »Zuerst kommt Jensen aus dem Keller und dann verwandelt sich auch noch der …«

Die Kommissarin dreht sich zu ihm um. »Wie bitte?«

»Darf ich Ihnen etwas anbieten? Einen Kamillentee vielleicht und etwas Gebäck?«

»Sie können Ihre Fingerabdrücke anbieten und mir erklären, was es mit diesem Feuerlöscher auf sich hat. Gehört der Ihnen?«

Hantsch hob die Schultern. »Tja, schwierig das. Ist doch einer wie der andere und wenn die jetzt schon von selbst spazieren gehen …«

Mit einem energischen Schritt kam Blumenthal auf ihn zu. Sie brachte ihr Gesicht dicht vor seins. »Sie sind nicht wirklich so behämmert. Sie tun nur so, damit wir Sie in Ruhe lassen. Stimmt doch, oder? Geben Sie es zu!«

Der intensive Blick aus ihren blauen Augen und der nicht weniger intensive Duft, der ihrem Rachen entstieg, ließen Hantsch schwindeln. Er beugte sich vor und küsste sie auf die Nase.

Die Kommissarin prallte zurück. Ein Wortschwall ergoss sich aus ihrem Mund über Hantsch.

Er verstand nicht, was sie sagte, denn es rauschte in seinen Ohren. Dazwischen auch. Er hatte eine Frau geküsst. Einfach so. Richtig geküsst. Mit dem Mund.

Sie war ebenfalls aufgeregt, das konnte er deutlich sehen. »Blumenthal, ein schöner Name«, flüsterte er seufzend.

Die nächsten Minuten verbrachte Hantsch wie in Trance.

Ein Beamter kam mit einem Lesegerät für Fingerabdrücke, ein anderer meldete schmatzend, dass die Nachbarin – eine ältere Dame, die verdammt leckeren Walnusskuchen gebacken habe – nicht wisse, wessen Feuerlöscher hinter der Gartenhütte versteckt gewesen sei. Allerdings fehle ihr der Feuerlöscher, der vor den Heizungskeller gehöre. Seit wann die Halterung leer sei, wisse sie nicht. Sie achte nicht auf so etwas und überhaupt, sie habe jetzt keine Zeit, denn sie habe was auf dem Herd stehen.

Dann kam ein Uniformierter mit dem Karton des Keramikleuchtturms. Irgendjemand, vielleicht Triller, fragte Hantsch, wo er den Leuchtturm habe. Was er erwidert hatte, wusste er selbst nicht. Er hatte jedoch den Eindruck, dass seine Antwort nicht gnädig aufgenommen wurde.

Hantsch wachte erst wieder auf, als Getrappel zur Haustür hinaus den Abgang der Staatsmacht ankündigte.

Ein Beamter legte ihm ein Papier zum Unterzeichnen auf den Tisch.

Ohne hinzusehen, kritzelte Hantsch sein Namenszeichen darauf.

Dann wurde es still.

Vollends wach wurde Hantsch, als es in der Küche laut klapperte.

Er sah sich um und erblickte einen Menschen, der so tief im Kühlschrank steckte, dass vom Oberkörper nur noch ein kleines Stück Rücken zu sehen war.

»Wollen Sie rein oder kommen Sie raus?«, fragte Hantsch.

Der Mensch zog seinen Kopf aus den Frischwaren. »Hast du nur so komisches Diätzeug? Keine richtige Wurst und Bier auch nicht?«

»Ach, Sie sind das, Petter. Das hätte ich mir ja denken können. Die Antwort lautet: Nein. Die Begründung lautet: weil ich auf meine Linie achten muss.«

Petter Jensen richtete sich auf. Per Fußtritt schloss er die Kühlschranktür. »Linie? Watt ’n Blödsinn, du bist doch so ein Verwaltungsheini. Bio musste kaufen. Das passt zu dir. Und Bier, das gibt's auch bio.«

»Verschonen Sie mich mit Ihren hauswirtschaftlichen Empfehlungen, Petter. Erklären Sie besser, wie Sie hereingekommen sind und wo Sie den Chef versteckt haben«, erwiderte Hatsch matt.

»Der Chef ist noch im Keller, glaube ich. Ganz schön gerissen, hat sich vor der Polizei versteckt.«

»Aber … Der ist doch verschieden. Haben Sie ihn versteckt?«

»Nee, mich hatten die ja sofort am Wickel. Der Chef hat noch mehr von dem Stachelbeerwein aus dem Vorratskeller holen wollen. Dann kamen die Bullen und …«

»Also nicht verschieden?« Hantsch konnte es kaum glauben.

»Verschieden von was?«, wollte Jensen wissen.

»Jetzt fangen Sie nicht auch damit an«, sagte Hantsch seufzend. »Wo ist die Leiche?«

Jensen brach in Gelächter aus. »So betrunken haben wir uns nicht. Viel Alk steckt nicht in dem Stachelbeerwein. Leckeres Zeug übrigens. Wenn die Jahreszahl stimmt, ist der schon elf …«

Hantsch fuhr in seine Schwelgerei. »Ich trinke so etwas nicht.«

»Versteh ich nicht. Der hat ein besonders feines Bukett, sagenhaft. So was habe ich noch nie gesoffen.«

Hantsch lehnte sich im Stuhl zurück und hob bedauernd die Hände. »Tja, wir hatten vor Jahren einen Kurarzt, der schwor auf Eigenharntherapie. Aus Indien hatte er das. Meiner Mutter hat das nicht so richtig geschmeckt, deswegen hat sie den Stachelbeerwein mit …«

»Eigenharntherapie? Heißt das, sie hat reingestrullert?«, rief Jensen.

»Elf Jahre alt, sagen Sie? Hm, da hat mein Papa noch gelebt. Bei der Therapie hat er mitgemacht. Also genau kann ich das auch nicht sagen. Vielleicht …«

Jensen hörte schon nicht mehr hin. Er hatte sich übers Spülbecken gebeugt und würgte.

Hantsch spürte, dass seine Mundwinkel nach oben strebten. Aber Jensen sah es ja nicht. Versonnen betrachtete er den zuckenden Rücken.

Schritte auf der Kellertreppe schreckten Hantsch auf. Verstört blickte er zur Küchentür, durch die eine stämmige Person mit einem strubbeligen, von blondierten Strähnen durchzogenen Schopf hereinstapfte.

»Sonja!«, rief Hantsch. Er war nicht sicher, ob er mehr Freude oder Bestürzung verspürte. Immerhin hatte er die Polizistin geküsst, wo doch Sonja seine …

Sie ließ ihn nicht zu Ende fühlen. »Du hast dich ganz schön in die Scheiße geritten, Dummkopf. War der Löscher, den die Polente mitgenommen hat, der mit unserem Zeug?«

Hantsch registrierte das ›unserem‹ genau, war sich aber nicht sicher, wie er es deuten sollte. Seins und Sonjas? Oder das von allen dreien? Es könnte sogar Sonjas und Petters Schnee gemeint sein. Sie waren zusammen gekommen. Das musste tiefere Gründe haben. Hantsch schluckte.

»Redest du nicht mehr mit mir?«

»Wie bitte?«, fragte Hantsch.

Jensen dreht sich zu ihnen um. Er war blass. Von Mund und Kinn tropfte es. »Der Löscher, den die Bullen mitgenommen haben, war ein *Agniexx* und kein *Mulciber*«, sagte er.

»Und wo ist dann unser Löscher?«, fragte Sonja.

»Ich hatte ihn im Garten versteckt. Also im Nachbargarten …«

»Du hast den Stoff umgefüllt?«, fragte Jensen mit zusammengezogenen Augenbrauen. »Dann hat die Polizei den Stoff also. Scheiße. Komm Sonja, wir hauen besser ab.« Er wischte sich das Gesicht mit dem Geschirrtuch trocken, warf es danach in die Spüle und versuchte, sich an Sonja vorbei hinauszudrängeln.

»Warte«, sagte die völlig überflüssigerweise, denn er kam

an ihr nicht vorbei. »Hantsch, du Pfeife, erklär uns erst mal, was hier los ist.«

Hantsch hob die Arme und sah an die Decke. »Ich habe keinen Schimmer, was da passiert ist. Zuerst hat sich der Chef in Petter verwandelt, dann der *Mulciber* in einen *Agniexx.*« Er ließ die Hände auf die Tischplatte fallen. »Na ja, den Chef habt ihr versteckt, das ist schon mal aufgeklärt.«

»Moment«, sagte Jensen, »mit ›Chef‹ meintest du nicht Sonja?«

»Warum sollte ich?«

Jensen lief rot an. »Weil, weil ... Ach, ist doch schietegal! Ihr wolltet mich bescheißen, so sieht das aus. Vor allem du! Machst einen auf ›ich bin so dusselich wie 'n Plattfisch‹ und reißt dir das Zeug unter den Nagel. Ich sollte dir 'n paar Nasenstüber ...«

»Stopp«, knurrte Sonja. »Wir haben Wichtigeres zu tun. Petter, setz dich hin.«

Jensen gehorchte grummelnd.

Sonja kam zum Tisch, drehte einen Stuhl und ließ sich rücklings darauf nieder. »Zuerst müssen wir wissen, wo der Stoff ist. Hantsch, Butter bei die Fische: Hast du ihn in dem *Agniexx,* der jetzt bei den Bullen ist, versteckt?«

»Nein, hab ich nicht.« Hantsch verschränkte die Arme vor der Brust. Dieses Misstrauen zerrte an seinen Nerven.

»Ich glaub eh nich, dass du 'nen Löscher aufmachen kannst«, meinte Jensen.

»Davon verstehe ich in der Tat nichts. Ich verstehe auch nicht, warum der Chef nicht mehr da ist. Ihr habt ihn bestimmt nicht?« Hantsch blickte die beiden nacheinander fragend an.

»War da wer im Keller?« Sonja sah zu Jensen.

»Hab keinen Chef im Keller gesehen. Nur Kartoffeln«, sagte der grinsend.

»Der Chef war nicht vorsichtig genug. Ich konnte nichts dafür, ich hatte ihn noch gewarnt, aber er war so begierig darauf, in den Keller zu kommen, da war ihm alles andere gleichgültig. Dann lag er da …«

Jensen lachte los. »Ha, du hast 'ne Leiche im Keller und die Bullen im Haus. Doofer geht's ja wohl kaum.«

»Sei du mal ganz still«, fuhr ihn Sonja an. »Auf Amrum habt ihr auf Schritt und Tritt Leichen verloren. Sich mit euch abzugeben, ist ein ziemliches Risiko.« Sie wandte sich an Hantsch. »Also, zum Verständnis: Dein Chef lag tot im Keller und jetzt ist er weg? Die Waschküchentür stand offen, so sind wir unten reingekommen. Wenn die Leiche nicht von selbst spazieren gegangen ist, hat sie jemand weggeschafft. Und wenn du keine Ahnung hast, wo der Löscher mit dem Koks steckt, dann hat da auch jemand anderes seine Finger im Spiel. Irgendeine Idee, wer das sein könnte?« Sonja klang so, als meinte sie die Sache mit dem toten Chef nicht ernst.

»Ich?«, fragte Hantsch vorsichtig.

»Ja, du! Wir können das nicht wissen, du Döskopp.«

»Warum beschimpfst du mich immerzu mit diesen Ausdrücken? Muss das denn sein?«

»Ja«, erwiderte Sonja schlicht. »Weil sie auf dich zutreffen.«

*

Anna wusste zuerst nicht, was los war. Der Mann mit der Latzhose sagte »Scheiße« und schob sie und Malte weiter den Wanderweg hinauf, anstatt der Kötelberger Straße zu ihrem Zuhause zu folgen, was dem ursprünglichen Plan entsprochen hätte.

»Hey, da geht's lang.« Anna zeigte in die richtige Richtung. Dann sah sie es selbst. Ein grau-blauer Polizeikleinbus, ein Streifenwagen und mehrere andere Autos verstopften die Straße.

Malte sah auch hin, sagte aber nichts. Das konnte er nicht, denn er hatte seine Nase wieder in ein Taschentuch gesenkt.

Der Mann trieb sie noch etliche Meter weiter den Weg, der nach einem Sagenkönig benannt war, hinauf, bis er stehen blieb und sich umschaute. Der Üblichsteig lag verlassen. Wahrscheinlich war es für das kurende Altvolk zu warm zum Wandern. Die saßen lieber im Park oder auf der Caféterrasse hinter einem Gedeck aus Kuchen und koffeinfreier Plörre.

»Die Polente hat euch schon am Wickel, was?«, knurrte der Mann.

Anna hob die Schultern.

Malte knüllte das Taschentuch zusammen und stopfte es in die schon ausgebeulte Hosentasche. »Nee, ich glaube, die sind beim Nachbarn. Ich habe da welche herumlaufen sehen.« Er musste niesen und ein neues Taschentuch herauskramen.

Maltes Nieser klangen komisch, fand Anna. An irgendetwas erinnerten sie sie, aber sie kam nicht darauf, woran.

»Gibt es noch eine andere Möglichkeit, zu eurem Haus zu kommen? Also ungesehen?«, wollte der Fremde wissen.

Anna überlegte. »Hinter den Gärten gibt es einen Hundekacketrampelpfad. Wie müssen da vorne hinter den Büschen links rein, um dorthin zu gelangen.« Sie zeigte den Weg hinauf.

»Habt ihr ein Gartentor?«

»Nein, das nicht. Aber der Zaun hängt so schlapp durch, dass wir bestimmt drübersteigen könnten.«

»Verschwinden wir, bevor noch jemand hier lang kommt. Geht vor«, sagte der Mann.

Der Trampelpfad war von allerlei Fallen gesäumt. Er schlängelte sich zwischen Brombeerranken, Brennnesseln und Hundescheißhaufen hindurch. Bei den Anwohnern war er deswegen so beliebt, weil er an der Bergflanke entlangführte und sie beim Gassigehen nicht bergauf mussten. Das warme Wetter der letzten Tage ließ die Haufen aufblühen und ihren betörenden Duft in der Herbstsonne verströmen. Der Fremde fluchte unentwegt vor sich hin und behauptete mehrfach, da müsse etwas passieren.

»Ein Harzer Kräuterkissen ist nix dagegen, was?«, sagte Anna kichernd. Sie freute sich, dass der Unbekannte anscheinend litt.

»So ein Gestank in einem heilklimatischen Kurort geht gar nicht. Erst recht nicht auf dem Weg zu unserem Weltwald«, antwortete der Mann.

»Hier sind wir.« Anna blieb stehen.

»Ducken«, zischte der Fremde, ging in die Knie und zerrte dabei an Malte.

Auch Anna beugte sich tief hinunter. An Omas Gartenhütte trieben sich Menschen in blauen Uniformen herum.

»Scheiße, Scheiße, Scheiße«, grummelte der Mann. »Was wollen die da?«

»Keine Ahnung«, näselte Malte in aller Unschuld.

»Wir warten, bis die weg sind«, erwiderte der Mann aufseufzend.

Es dauerte eine ganze Weile, bis die Polizisten nacheinander die Nachbargartentreppe hinunterstiegen. Der erste trug einen roten Stahlbehälter und hoppelte damit hastig zum Haus. Der zweite ließ sich viel Zeit, folgte dann aber schließlich mit einem Bündel Grünzeug im Arm.

»Scheiße, Scheiße, Scheiße«, sagte jetzt Malte.

»Leise!«, zischte der Mann. »Was schleppen die da weg?«

Malte verzog Mund und Nase, dabei ließ er den Kopf hängen. »Meinen Wintervorrat«, stöhnte er. Hilfe suchend sah er zu Anna herüber.

In Annas Hirn ratterte es. Bestimmt konnten sie aus der Situation Kapital schlagen, wenn sie nur geschickt genug vorgingen. Ihre grauen Zellen hatten sich allerdings aufs Schmollen verlegt und Malte wirkte zu benebelt, um klar zu denken. Verdammtes Zeug. Sie hatte nicht gedacht, dass die Wirkung so dauerhaft wäre.

»Drück dich genauer aus. Haben die den Schnee mitgenommen?«, fragte der Mann. Er klang besorgt. Zu allem Überfluss packte er Malte am Arm und schüttelte ihn.

»Aua, Sie tun mir weh! Das war meine ganze Ernte. Der Feuerlöscher ist nur Tarnung, der stammt aus Omas Keller. Aber meine Hanfpflanzen … Ich könnte heulen.«

»Um das Gras ist's nicht schade, das schmeckte wie Unterhosen aus der Altkleidersammlung«, meinte Anna. Sie erhob sich und steuerte den Zaun an. »Los jetzt, bringen wir's hinter uns.«

Längs der Grundstücksgrenze lauerte ein Gestrüpp aus gartenvertriebener Natur, das nur auf die Gelegenheit zur Rückeroberung wartete. Entschlossen trampelte Anna darauf und drückte den schlappen Maschendraht in die Stachelbeeren. »Kommt schon.«

Malte hatte mit seinen langen Beinen keinerlei Schwierigkeiten.

Als der Fremde mit dem Kopfverband einen ersten Ausfallschritt wagte, ließ Anna den Draht ein Stück nach oben federn. »Entschuldigung.« Damit begleitete sie des Mannes Bemühungen, dem rostigen Zaunrand zu entkommen, der sich im Schritt der Latzhose festgebissen hatte.

»Weiter runterdrücken«, meinte er keuchend, eingerahmt von Flüchen.

Anna passte den Druck ihres Fußes mit einer gewissen Lust seinen Befreiungsversuchen an.

Schließlich wurde er ungeduldig, riss sich los, stolperte nach vorne und landete jammernd in einem Stachelbeerstrauch.

»Machen Sie sich keine Gedanken«, sagte Anna, während sie leichtfüßig über das Hindernis tänzelte. »Die Beeren sind schon längst abgeerntet. Sie sollten bloß ein bisschen leiser sein, vielleicht ist die Polizei noch in der Nähe. Es wäre auch besser, wenn Oma Sie nicht hört.«

Der Mann bemühte sich, den Geräuschpegel zu senken, was ihm leidlich gelang.

Anna hoffte, dass er ordentlich litt, und beschloss, ihm weiter zuzusetzen, wann immer möglich. »Malte, kannst du nachsehen, wo Oma … Ach, lass mal, ich gehe besser selbst.

Hilf lieber unserem, äh ... Geschäftsfreund auf die Beine.« Sie huschte davon, im Vertrauen auf die Ungeschicklichkeit ihres Bruders.

Anna fand die Terrassentür verschlossen vor und atmete auf. Oma war anscheinend einkaufen gegangen. Sie hätte auch nur gestört, indem sie wie stets irgendwelche Speisen anbot. Gäste nach Strich und Faden auszufragen, stellte ihren zweitliebsten Zeitvertreib dar.

Klar, Anna hätte auch gerne mehr über diesen Fremden gewusst, der ihnen die Beute abjagen wollte. Aber sie war sich sicher, dass sich eine Möglichkeit ergeben würde, ihn einzuseifen.

Vorsichtig erkundete sie die Lage auf der Straße. Der letzte Polizeiwagen fuhr gerade davon und die Nachbarn waren dabei, ihre Beobachtungsposten aufzugeben. Sie beachtete die neugierigen Blicke nicht, betrat das Haus durch die Vordertür und verriegelte diese wieder von innen.

Durch die Terrassentür eilte sie hinaus in den Garten. »Los, die Luft ist rein, alles ausgeflogen«, rief sie gedämpft.

Wenig später drängten sie sich zu dritt im Dachzimmer, in dem Malte bei Besuchen schlief.

Der Mann sah sich flüchtig um und stemmte die Fäuste in die Hüften. »So, jetzt will ich den gesamten Stoff sehen.«

»Moment, ich gehe ihn holen.« Anna wollte den Raum verlassen.

»Warte. Das kann der Bursche hier machen. Du holst was zu Futtern. Schmier ein paar belegte Brote oder so. Und koch Kaffee. Es riecht hier überall so gut nach Kuchen. Beeil dich, ich habe Hunger.«

Anna drehte sich um. Sie musterte den Fremden von oben bis unten. »Wofür hältst du mich? Seh ich aus wie deine Mutti?«

Der Mann öffnete den Mund, sagte aber doch nichts. Er setzte sich aufstöhnend auf den einzigen Stuhl und stützte sich mit den Händen auf den Oberschenkeln ab. Ein abschätziger Blick traf Anna. »Verstehe, dafür taugt ihr ja heutzutage nicht mehr.«

»Wozu auch?«, fauchte Anna. »Ich werfe keine Perlen vor die Säue.« Sie wartete nicht auf eine Antwort, sondern stolzierte in ihr Zimmer gegenüber.

Den Feuerlöscher hatte Anna unter ihre Bettdecke geschoben und die Tagesdecke sauber darüber ausgebreitet.

Zurück in Maltes Zimmer knallte sie den Stahlbehälter vor die Füße des Mannes. »Ist offen.«

Der Fremde fummelte kurz am Ventilkopf herum, dann hatte er ihn abgenommen und schüttete die Päckchen auf den Webteppich. »So richtig weiß ist das Zeug aber nicht«, lautete sein erster Kommentar.

»Malte sagt, das flasht voll.«

»Wir werden sehen. Das sind also sechs Kilo?«

»Keine Ahnung.«

»Habt ihr eine Waage?«

Anna zuckte mit den Schultern. Sie wog sich nie. Warum auch? Sie war schon immer ziemlich dünn gewesen.

»Mit dem Haushalt hast du es nicht so, was?«

»Lassen Sie mich mit dem Scheiß in Ruhe!«, schrie Anna. Der Typ strapazierte ihre Nerven auf das Äußerste. »Ich weiß noch nicht mal, wie Sie heißen«, fuhr sie etwas ruhiger fort.

Der Mann schob den Unterkiefer vor. »Ich, ähm, bin König Üblich«, sagte er langsam.

»König Üblich? Sie haben wohl nicht alle Latten am Zaun.«

Gereizt schoss der Mann aus dem Stuhl in die Höhe. Dort erwartete ihn unnachgiebig die Dachschräge. Mit einem Schmerzenslaut plumpste er zurück auf die Sitzfläche.

Anna überlegte kurz, ob sie den Schaden vorteilhaft vergrößern könnte. Zum Beispiel mit einer der fehlenden Zaunlatten. Sie sah sich nach etwas Geeignetem um. Ihr Bruder störte sie dabei, indem er sich, mit mehreren Tellern beladen, durch die Tür schob.

»Reicht das? Kaffee hole ich gleich.«

Der Mann gab keine Antwort, sondern stöhnte nur leise, zusammengesunken auf dem Stuhl.

»Was hat er?«, wollte Malte wissen.

»Einen Dachschaden«, erwiderte Anna bloß. »Was meinst du, sollen wir ihm den Rest geben?«

Ihr Bruder blickte sie groß an. »Du willst doch nicht etwa ...?« Er zog ein Taschentuch hervor und schäuzte sich. Seine Nase erinnerte Anna inzwischen an das Weihnachtslied von Rudolf dem Rentier.

»Der hat doch voll einen Hau. Wir sollen ihn König Üblich nennen. Weiß der Geier, was ihm noch alles einfällt.«

»Mir ist's egal, wie er sich nennt. Überleg doch mal. Wenn es stimmt, was er sagt, hat er uns in der Hand. Immerhin will er den Stoff verkaufen und mit uns halbe-halbe machen. Könnte schlechter laufen.«

Anna schnaufte. Malte war ein ängstlicher Faulpelz, wie er gerade wieder eindrucksvoll bewies. »Ja, wenn, wenn. Und wenn nicht? Dann greift er sich unseren Stoff, macht fett Kohle damit und lässt uns hängen. Oder einsperren. Besser, wir schmeißen ihn die Treppe runter und sagen, es war ein Unfall.«

»Ich höre euch«, knurrte König Üblich. »Glaubt ja nicht, ihr könntet mich anschmieren. Bring den Kaffee, Junge. Damit bin ich sofort wieder auf dem Damm.«

Malte drehte sich zu Anna, hob kurz die Arme, als wollte er sagen: »Na, siehst du?«, und machte sich auf die Socken.

Für Anna ein weiterer Beweis, dass mit ihm nicht viel anzufangen war. Sie musste die Sache offenbar selbst in die Hand nehmen.

»Wollen Sie hier festwachsen oder den Stoff probieren und sich ums Geschäft kümmern?«, fragte sie schroff.

König Üblich rieb sich das von einer geplatzten Ader rötlich gefärbte linke Auge. »Erst den Kaffee.«

»Ach, der Herr hat Schiss. Sich König nennen, aber aufführen wie eine Betschwester ...«

»Halt die Klappe!«, brüllte der Mann und griff sich aufstöhnend an den Kopf. »Das wird dir noch leidtun, ich merke mir das«, fügte er etwas leiser hinzu.

»Ja, ja«, erwiderte Anna. »Machen Sie sich locker und nehmen Sie erst mal eine Nase voll. Das Zeug ist total geil.«

König Üblich knurrte vor sich hin, griff aber dann doch in seine Latzhosentasche und zog das Päckchen heraus, das er Anna abgenommen hatte. »Wie geht das jetzt? Und wo bleibt der Lausert mit dem Kaffee?«

»Der Kaffee muss erst gemacht werden. Geben Sie mir das Päckchen, ich zeig's Ihnen.« Anna nahm das Kokain aus der willfährigen Königshand, schüttete etwas von dem Pulver auf das Display ihres Smartphones und formte es mithilfe eines Klebezettels zu zwei Linien. Anschließend fischte sie eines der vorbereiteten Strohhalmstücke aus ihrer Tasche und reichte beides Üblich. »Ein Nasenloch zuhalten und in das andere durch den Strohhalm einsaugen. Ganz einfach.«

Üblich bedachte sie mit einem forschenden Blick aus seinen blutunterlaufenen Augen.

Anna bemühte sich um einen unschuldigen Gesichtsausdruck, etwas das ihr in der Regel wirkungsvoll gelang.

König Üblich steckte sich das Strohhalmstück in ein Nasenloch und beugte sich über das Smartphone. Ein Schniefgeräusch folgte.

Für Momente erstarrte die rundliche Gestalt mit der Mütze. Dann krümmte sie sich zusammen und trompetete einen Nieser heraus, der das restliche Kokain vom Smartphone pustete. Stattdessen pladderte jede Menge mit weißem Pulver angereicherter schleimiger Rotz darauf und darüber hinaus. Üblich nieste wieder und wieder, bevor er das Smartphone fallen ließ und wie in Zeitlupe kopfüber vom Stuhl rollte. Er schlug genau zu Füßen Maltes auf, der gerade mit dem Kaffee hereinkam.

Annas Bruder strauchelte, dabei geriet das mitgebrachte Tablett in solche Schieflage, dass es seine Fracht abwarf. Die

Glaskanne schlug auf König Üblichs Rücken auf, wo sie platzte und sich ihr Inhalt in alle Richtungen ergoss.

»Tut mir leid!«, rief Malte, während König Üblichs Schmerzensgeheul durch den Raum hallte.

Anna zog sich mit kaffeebespritzter Hose in eine Zimmerecke zurück, von wo aus sie beobachtete, wie Malte versuchte, Üblich aufzuhelfen.

Der König wehrte alle Bemühungen ab. Auf allen vieren kroch er zu den Rauschgiftpäckchen, die er sich mühsam in die geräumigen Latzhosentaschen stopfte.

»Ich kann Ihnen was Trockenes zum Anziehen geben«, sagte Malte flehentlich.

Üblich knurrte wie ein Hund, dem der Knochen weggenommen wurde. Mit prallen Taschen kroch er zur Tür, wobei er die letzte heile Porzellantasse aus Omas Service von *Hütter* aus Wernigerode unter sich zermalmte. Im Flur zog er sich am Treppengeländer hoch und stolperte langsam die Stufen hinab.

Anna folgte ihm mit schnellen Schritten. Ein Schubs und sie wären von dieser Landplage befreit.

Gerade als sie hinter König Üblich stand und die Arme ausstrecken wollte, hörte sie, wie die Haustür geöffnet wurde.

Ihre Oma schob sich schnaufend in den Flur. »Malte, Anna, seid ihr da? Habt ihr Kaffee gemacht? Es riecht so gut.«

»Wir … wir haben Besuch«, erwiderte Anna schnell.

»Ach, wen denn? Habt ihr schon vom Nusskuchen angeboten?«, fragte Oma, während sie die Einkaufstasche abstellte und sich des Mantels entledigte.

Üblich bog um das untere Treppenende, schwankte grußlos an ihr vorbei und trampelte durch die Haustür hinaus ins Sonnenlicht.

Oma sah ihm mit offenem Mund nach. »Also so was! War das nicht …?«

»Ein Zeuge Jehovas«, sagte Anna.

»Von den Zeugen Jehovas? Ich hätte schwören können,

dass ich den Herrn kenne. Komisch sah der aus. Na ja. Andauernd kommen die und wollen mich bekehren. Warum lasst ihr die überhaupt ins Haus? Als das letzte Mal so jemand hier drinnen war, habe ich anschließend die Fernsehzeitung vermisst.« Oma schüttelte den Kopf und nahm die Einkaufstasche wieder auf. »Jetzt essen wir aber ein Stück Kuchen. Ich habe Sahne mitgebracht. Habt ihr noch Kaffee übrig oder müssen wir neuen kochen?«

*

Der Konferenzraum summte wie ein Bienenstock. Personalversammlung. Alle waren aufgeregt und Hantsch fragte sich, was geschehen würde.

Der Personalratsvorsitzende, ein Sachbearbeiter, der seine Dienstfreistellung nutzte, um der Kurverwaltung nach Möglichkeit fernzubleiben, erhob sich. Seine Miene verhieß nichts Gutes, was Hantsch darauf zurückführte, dass seine Anwesenheit an diesem Tag unumgänglich war.

»Herrschaften, bitte mal Ruhe«, rief der Personalratsvorsitzende in den Raum.

Das Summen wurde etwas leiser.

»Gibt's was Neues, Herr Martin?«, rief Frau Schütt.

Einmal mehr bestätigte sie in Hantschs Augen ihre Rolle als Betriebspaparazzo. Nichts wollte sie sich entgehen lassen.

»Ja, ja, gleich. Erst mal Ruhe.« Martin streckte die Arme aus, wie ein Messias, der die Wogen glätten wollte. »Also, Herrschaften, ich habe gestern mit Regierungsrat Zink im Amt für Regionalentwicklung Braunschweig telefoniert. Er meinte, für die paar Tage, bis der Kollege Fröhlich aus dem Urlaub zurückkommt, sollen wir die Leitung selbst regeln. Er sieht da kein Problem. Wie machen wir das jetzt?«

Das Summen setzte wieder ein, schwoll an und Einzelstimmen tanzten auf den Wogen.

»Du kannst das machen, Hans-Jörg«, rief irgendwer.

Beifälliges Summen ertönte.

Martin musterte das Auditorium mit entsetzt aufgerissenen Augen. »Nein! Also, ich meine, das wäre nicht gut. Das, äh, das wäre, äh ... Das gäbe Konflikte. Ja, genau, Konflikte mit meiner Position als Personalratsvorsitzender. Die gäbe es.« Er wackelte mit dem Kopf, suchte nach Worten. Gegen das aufbrandende Gesumme erhob er wieder die Stimme, diesmal etwas fester. »Euer Vertrauen ehrt mich ...«

Verschiedentlich aufflackerndes Gelächter ließ Martin wieder ins Stottern verfallen.

Welches Bild geben wir nur ab, dachte Hantsch, dem das Verhalten der Belegschaft mehr als peinlich war. »Lasst Herrn Martin doch mal ausreden«, rief er und spürte sofort aufsteigende Wärme an Hals und Nacken, die erfahrungsgemäß Erröten ankündigte.

»Jetzt aber. Das ist der Kollege Hantsch, wie wir ihn kennen«, rief Klein, der keine Gelegenheit ausließ, um sich über Hantsch zu mokieren.

Erneut kam Gelächter auf, möglicherweise noch lauter als zuvor.

Hantsch spürte, dass sein Kopf glühte.

»Danke, Kollege«, sagte Martin in Hantschs Richtung. »Hört doch mal einen Moment zu, dann könnt ihr Vorschläge machen. Also, die Interessen der Verwaltungsspitze sind nicht unbedingt die des Personalrats. Deswegen kann ich das nicht machen. Ich will mich natürlich nicht der Verantwortung entziehen, aber leider ...«

»Buhuhu, mir kommen die Tränen.« Das war wieder Klein.

»Kollege, hast du nichts anderes beizutragen? Dann geh besser wieder an deinen Arbeitsplatz«, sagte Martin. Er war sichtlich ungehalten. »Gibt es Vorschläge, wer für die Interimsleitung infrage kommt?«

»Hantsch soll's machen!«, rief Klein. »*Hantsch for president.* Keine Experimente!« Er bemühte sich um Ernsthaftigkeit, sein Mund zuckte jedoch verdächtig.

Das Gesumme erstarb und alles war für Momente still.

Irgendjemand von ganz hinten gluckste, erst leise, dann zunehmend ungehemmter. Andere fielen ein und es dauerte nicht lange, da lachte nahezu der ganze Saal.

»Doch, doch, ich meine das ernst«, rief Klein. Danach konnte er das Gelächter selbst nicht mehr zurückhalten.

Der Personalsratsvorsitzende gab sich alle Mühe, für Ruhe zu sorgen. »Ich weiß nicht, warum ihr lacht. Ein Vorschlag ist ein Vorschlag. Wir kennen den Kollegen Hantsch als langjährigen, zuverlässigen und sehr gewissenhaften Sachbearbeiter, der sich selbst um Kleinigkeiten intensiv kümmert. Sonst noch Vorschläge?«

»Der Klein kann's doch selbst machen.« Das klang nach Bremers bärbeißigem Gegrunze.

Hantsch drehte sich zu ihm um. In seiner prall gefüllten grünen Latzhose wirkte der Kollege wie ein Wasserball, der von einem Agrarmarkt als Werbegeschenk verteilt wurde. Warum nur trug er einen Kopfverband?

Bremer bemerkte Hantschs Blick. »Der Klein hat 'ne große Klappe, aber wenn er was leisten soll, zieht er den Schwanz ein. Wenn wir den wählen, haben wir wirklich was zum Lachen.«

Klein stellte das Gejohle abrupt ein, tuschelte stattdessen mit seinem Nebenmann.

»Sonst noch Vorschläge? Nein? Kollege Hantsch, Kollege Klein, seid ihr bereit zu kandidieren?«

»Den Klein können wir doch nicht ernsthaft wählen wollen«, rief Schütt. »Der hat nur Unsinn im Kopf. Bestimmt erinnert ihr euch, wie er in der Kantine Salz in die Zuckerstreuer gefüllt hat.«

Hantsch sah wieder einmal bestätigt, warum der beliebte Bürofunk hauptsächlich durch ihre Mitarbeit auf Sendung gehalten wurde.

»Beruhigt euch«, rief Klein, »das nächste Mal mache ich es umgekehrt.« Er kicherte vor sich hin.

»Willst du nun oder nicht?«, fragte Martin. »Auf geht's, damit wir hier fertig werden. Wenn wir das nicht hinbekommen, setzt uns der Zink jemanden vor die Nase. Bevorzugt so eine Ökotante, die vom Betrieb keinen blassen Dunst hat. Davon haben die in Braunschweig ein paar und ich bin sicher, dass der Zink froh ist, wenn er eine loswerden kann.«

Darauf summte der Saal wieder. Hier und da schnitten ein paar Frauen ein Gesicht.

Hantsch fand das Argument einleuchtend. Damen musste man mit Vorsicht begegnen und allzu viele würden das betriebliche Minenfeld für ihn vergrößern.

»Na gut«, sagte Klein, »ich kandidiere.«

»Danke, Kollege. Ich bin sicher, du kannst dich auch mal zusammenreißen.«

»Konnte der noch nie«, rief Schütt. Ihre Wangen hatten sich bedenklich eingefärbt.

»Ruhe. Kollege Hantsch, bist du bereit zur Kandidatur?«

Automatisch dachte Hantsch an die Packungen mit dem kandierten Früchtemix. Seine Mutter hatte ihn mehrmals in der Woche losgeschickt, um ihr welche zu kaufen. Zwar hatte sie gesagt, man könne die eigentlich auch selbst machen, aber getan hatte sie es dann doch nie.

»Ja, schon«, meinte Hantsch, »aber ich weiß nicht genau, wie das geht.«

»Einfach Ja sagen reicht«, erwiderte Martin.

»Ich dachte irgendwie, mit Zuckerwasser übergießen.«

Dem Personalratsvorsitzenden blieb der Mund offen stehen. »Wen willst du mit Zuckerwasser übergießen?«

»Weiß ich doch auch nicht. Das was kandiert werden soll eben. Ich kann das schon machen, wenn mir jemand erklärt, was und wie. Ich bin mir dafür nicht zu schade.«

Einen Moment lang war es wieder ganz still, dann brach Gelächter aus.

»Mensch, Kollege, keine flauen Witze jetzt«, sagte Martin unwirsch. »Also, du machst es?«

Hantsch zuckte die Schultern. »Von mir aus. Ich habe das schon ernst gemeint …«

»Lass gut sein«, knurrte Martin. »Jetzt Handzeichen. Wer ist dafür, dass der Kollege Klein – steh mal auf und zeig dich – die Kurverwaltung interimsmäßig leitet, bis der Chef oder der Kollege Fröhlich wieder da sind?«

Zwei Hände schnellten in die Höhe. Zwei weitere folgten zögernd.

»Das sind dann vier Stimmen. Wer ist dagegen?«

Martin zählte zehn Hände, was auch daran lag, dass gerade ein paar Latzhosenträger von der Grünanlagenpflege hereinkamen, die nicht wussten, worum es ging, aber taten, was Bremer ihnen vormachte.

»Zehn dagegen. Gibt es Enthaltungen?«

»Moment«, rief Klein dazwischen. »Dürfen die überhaupt mit abstimmen?« Er zeigte auf die Latzhosenfraktion.

»Wieso nicht?«, entgegnete Martin erstaunt.

»Die sind doch in eine eigene Gesellschaft ausgelagert. Deswegen können die kein Teil der Verwaltung sein.«

Martin biss sich auf die Lippen. »Äh, ja, aber die Gemeinde ist alleiniger Gesellschafter der *Grün GmbH Bad Gruntz.*«

»Trotzdem ist das eine eigene Gesellschaft und deswegen …«, meinte Klein.

»Am besten stimmen wir ab, ob die Kollegen mit abstimmen dürfen«, sagte Martin mit Nachdruck.

»Dafür bin ich auch«, rief Hantsch, der seine Chance erkannte.

»Gut. Wer ist dafür, dass die Kollegen von der *Grün GmbH Bad Gruntz* mit abstimmen dürfen?«

Erste Hände schnellten in die Höhe.

Hantsch ebenfalls. »Darüber müssen die Kollegen aber mit abstimmen dürfen.« Er setzte sich wieder und riss beide Arme in die Luft.

»Moment«, sagte Martin laut.

Die Latzhosenmänner hatten ihre Hände schon gehoben.

Der Personalratsvorsitzende zögerte, sah auf seine Armbanduhr, zog eine Grimasse und zählte durch. Eine satte Mehrheit von sechzehn zu sieben war dafür.

»Es kann doch nicht sein, dass die mit abstimmen dürfen, ob sie mit abstimmen dürfen!«, rief Klein.

Trotz dessen lauten Gemaules wiederholte Martin die Abstimmung über den Interimschef. »Ich stelle fest, für den Kollegen Klein gibt es sieben Stimmen, dagegen achtzehn, bei drei Enthaltungen.«

Befriedigt registrierte Hantsch, dass noch ein paar Leute mehr die Riege der *Grün GmbH Bad Gruntz* verstärkt hatten.

Martin machte sich einige Notizen. »Kollege Klein, kannst du mal still sein?«, sagte er zwischendurch.

Klein verschränkte die Arme vor der Brust. »Das ist doch Kasperletheater hier«, knurrte er.

»Das müsste dir doch gefallen. Oder passt dir die Rolle des Krokodils nicht?«, fragte ihn die Schütt.

Martin schnitt allen das Wort ab. »Wer ist dafür, dass Kollege Hantsch die Kurverwaltung interimsmäßig leitet? Klein, hinsetzen. Kollege Hantsch, kannst du mal aufstehen?«

Jetzt erhoben sich sechzehn Hände.

»Gegenprobe? Eins, zwei, vier, sieben, acht. Enthaltungen? Vier.«

Während sich Martin Notizen machte, setzte auch das Summen wieder ein, wurde lauter, bis der Personalratsvorsitzende die Stimme erhob. »Damit wird der Kollege Hantsch vorläufig die Leitung der Verwaltung übernehmen. Nimmst du die Wahl an?«

Hantsch kratzte sich am Kopf. »Mal angenommen, ich nehme die Wahl an, dann … ähm, könnte ich dann mit einer Zunahme meiner Bezüge rechnen? Nicht dass ich habgierig wäre, das müsst ihr mir abnehmen, ich will niemandem was wegnehmen.«

»Da seht ihr, was ihr angerichtet habt«, knurrte Klein.

»Da muss ich mich mit dem Regierungsrat ins Benehmen …

äh, also das besprechen«, stotterte Martin. »Aber ich gehe schon davon aus, dass eine temporäre Höhergruppierung, ähm …«

»Gut, ich nehme an«, erwiderte Hantsch schnell.

Martin wischte sich flüchtig über die Stirn. »Gratuliere, Kollege. Ich beauftrage Frau Schütt, ein ausführliches Protokoll anzulegen. Das geht dann nach Braunschweig und als Hausmitteilung in die Runde. Ich danke euch, Kolleginnen und Kollegen. An die Arbeit.«

*

Anthrazitfarbener Teppichboden, das sah schon recht fein aus. Hantsch öffnete den Schrank und betrachtete den legendären, blitzenden Kaffeeautomaten, an dem besondere Gäste mit einem Espresso oder Cappuccino bewirtet wurden. Irgendjemand müsste ihm erklären, wie das Ding funktionierte. Dieses wahrhaft noble Ritual musste unbedingt aufrechterhalten werden. Er selbst war nie in den Genuss eines Getränks aus der Maschine gekommen, aber das würde sich jetzt ändern. Überhaupt, er musste sich eine Liste anlegen mit den Personen, denen er einen Kaffee anbieten wollte.

Hantsch nahm sich einstweilen ein paar Kekse aus einer Dose im Fach darüber und setzte seine Inspektion fort.

Viele Ordner und Papiere fanden sich nicht. Nun gut, das Aktenstudium gehörte nicht zu des Chefs starken Seiten. Dafür stieß Hantsch auf einen erklecklichen Stapel von Fachmagazinen, unter anderem etliche Ausgaben des *Mehrkur – der Heilbadbote,* dem Zentralorgan des Verbands Deutscher Heilbäder.

Hantsch blätterte nachlässig ein paar Seiten um. Zu seinen zukünftigen Aufgaben würde wohl gehören, die Publikation zumindest oberflächlich zur Kenntnis zu nehmen, egal wie sehr ihn das langweilte.

Ein Artikel stach ihm jedoch ins Auge. *Kur in motion – ein*

Plädoyer für hippes Heilen. Verfasst hatte ihn laut Unterzeile Dr. h. c. Albrecht Gieseking, sein Chef.

Hantsch schnaufte und warf sich in einen der Besuchersessel, um zu lesen. Modern sollten die Heilbäder daherkommen, alternative Behandlungsmethoden einführen, kulturelle Bedürfnisse Jüngerer oder Junggebliebener berücksichtigen. Zum Beispiel Jazzdance anbieten und Trinkkrüge verstecken, die mittels Geocaching gefunden werden konnten. *Goretex* und *Intel Inside* sollten das angestaubte Image der Kur modern, zeitgemäß und dynamisch erscheinen lassen. Es gipfelte in der Aussage, in der öffentlichen Wahrnehmung seien Heilbäder heute so altmodisch wie gekochter Heilbutt in zerlassener Butter mit Petersilienkartoffeln, wo doch alle Welt nach Sushi lechze. Gieseking schlug eine Taskforce vor, die den Imagewandel in die Wege leiten sollte. Er selbst wolle ihr gerne angehören und seine ganze Kraft darauf verwenden, sie zum Erfolg zu führen.

Erschüttert legte Hantsch das Heft beiseite. Ganz klar, der Chef wollte sich in Stellung bringen, um Präsident des Verbands Deutscher Heilbäder zu werden. Dazu war ihm offenbar jedes Mittel recht, der Einsatz von Rauschgift inbegriffen.

Er hatte den Chef gerade noch rechtzeitig gestoppt. Kurz vor der Machtergreifung. Aber vielleicht konnte er einige dieser Ideen übernehmen. Da steckte viel Richtiges drin und manches kam sogar von ihm selbst, genauer gesagt, von seiner Mutter. Zum Beispiel der Gedanke, mehr Homöopathie zu wagen.

Vordringlich war jedoch, Sonja und Jensen aus dem Haus zu bekommen. Sie fraßen seinen Kühlschrank leer, lümmelten vor der Glotze, ohne die Fernbedienung herauszurücken, und blockierten stundenlang das Badezimmer. Nun, Letzteres betraf eher Sonja. Eigentlich ausschließlich, wenn Hantsch es recht bedachte. Trotzdem war es ein gewichtiger Grund, das Haus wieder für sich alleine zu haben.

Hantsch setzte sich an den Schreibtisch. Er musste ein

Schreiben verfassen, in dem er den Spiriheilern erklärte, warum die Praxen im Kurhaus noch nicht bezogen werden konnten und dass die Fertigstellung der Räume noch mindestens sechs Wochen dauern würde. Nein, korrigierte er sich, besser gleich drei Monate. Dann hatte er alle Zeit der Welt, um Herr der Lage zu werden. Sollte er diese Quacksalber früher brauchen, könnte er ihnen einfach schreiben, dass überraschend alles schneller fertig wurde und sie den Heilbetrieb aufnehmen könnten.

Er schaltete den PC des Chefs ein. Während des Hochfahrens blickte Hantsch aus dem Fenster. Die Harzhöhen leuchteten bunt im Sonnenlicht, jedenfalls dort, wo keine Fichten wuchsen. Das Wortspiel von Urlaub und Kurlaub kam ihm in den Sinn. Wobei die hiesigen Wälder und das Laub irgendwie …

Auf dem Bildschirm erschien ein Feld, in das ein Passwort eingegeben werden musste.

Hantsch probierte es mit *Gieseking.*

Hantsch probierte es mit *Bad Gruntz.*

Hantsch probierte es mit *Albrecht Gieseking.*

Hantsch probierte es mit *Dr. h. c. Albrecht Gieseking.*

Hantsch probierte es mit *Kur in motion.*

Hantsch probierte es mit einem Faustschlag auf die Tischplatte.

Mit der nicht schmerzenden Hand öffnete er Schreibtischschubladen in der Hoffnung, die Lösung zu finden. Sie blieb unerfüllt. Zwei der Schubladen besaßen ein Schloss und waren verriegelt.

Hantsch schnappte sich das Telefon. Im Kurzwahlspeicher fand er den Namen *Annegret.* Soweit er sich erinnerte, hieß so die Gattin des Chefs.

Eine atemlose Stimme sprach ein erwartungsvolles »Ja?«.

»Frau Gieseking? Hier ist Torsten Hantsch von der Kurverwaltung …«

»Was ist mit Albrecht? Wissen Sie etwas Neues?«

Hantsch fragte sich, was aus ihrer Stimme herauszuhören war. Für ihn klang es nicht so, als sei sie in freudiger oder ängstlicher Erwartung. Irgendwie klang sie eher beiläufig und abschätzend. Hatte die Gattin einen anderen Anruf erwartet?

Er tippte *Annegret* in das Passwortfeld.

»Nein, leider nicht. Ich weiß nicht, ob Sie es schon wissen, ich vertrete den Chef, ähm, Ihren Mann. Kennen Sie sein Computerpasswort? Das brauchte ich für die Arbeit.«

»Soso, Sie machen das jetzt. Nein, tut mir leid, darüber haben wir nie gesprochen. Es hat mich, ehrlich gesagt, auch nicht interessiert.«

»Und wie ist das mit den Schlüsseln für die Schreibtischschubladen? Wissen Sie, wo die sein könnten?«

»Nein, leider auch nicht. Aber ich glaube, die hat Albrecht immer eingesteckt. Er hat so viele Schlüssel am Bund, bestimmt sind die vom Schreibtisch dabei. Ich habe ihm oft gesagt, er solle doch wenigstens ein paar im Büro lassen, er hat sich das ganze Futter ruiniert. Da gibt's keine Hose ohne Loch in der Tasche. Ständig muss ich flicken. Aber Albrecht lässt sich einfach nichts sagen, er weiß immer alles besser. Na, wem erzähl ich das, Sie kennen das bestimmt.«

»Ja, schon. Aber er hatte ja auch viele Ideen …«

Frau Gieseking lachte hell auf. »Das können Sie laut sagen. Eher Hirngespinste. Präsident wollte er werden und dann hat er sich mit solchem Kleinkram abgegeben. Überall in unseren Bädern haben wir jetzt neue Armaturen, weil er die gerade günstig kriegen konnte. Schnellers Schwager musste die einbauen, damit Albrecht keinen Stress machte, wegen der Bauverzögerungen …« Sie verstummte abrupt. »Oh, das hätte ich jetzt nicht erzählen dürfen, oder?«, fragte sie nach ein paar Takten Stille.

Hantsch suchte nach Worten. »Mhm, äh … nein, ist schon gut. Das hat sicher alles seine Richtigkeit. Ja, dann …«

Er tippte *Präsident* in das Passwortfeld. Es verschwand und die Desktopsymbole erschienen.

»Es tut mir leid, dass ich Ihnen nicht helfen konnte«, sagte Frau Gieseking.

»Doch, doch, Sie haben mir geholfen«, erwiderte Hantsch. »Sehr sogar. Ich bedanke mich und wünsche Ihnen alles Gute und dass Ihr Mann bald wieder auftaucht.«

»Tja«, sagte die Ehefrau des Chefs, »eins von beidem wird bestimmt wahr werden.« Damit legte sie auf.

Hantsch fühlte sich ein bisschen erleichtert. In einer seltsam gehobenen Stimmung formulierte er die Mitteilung an die Wunderheiler. Sehr ökonomisch, sagte er sich, gleicher Wortlaut an drei verschiedene Adressen. Es geht voran. Er druckte aus und unterschrieb, bevor die Blätter in der Ablage für ausgehende Post landeten.

Hantsch lehnte sich zurück und dachte nach. Ein Chef musste nachdenken. Auch das war wichtige Arbeit. Die Augen zu schließen, half bestimmt dabei.

Mitten in einem Gedanken schreckte er hoch, weil das Telefon klingelte. Frau Schütt war am Apparat.

»Herr Schneller ist hier und möchte den Chef sprechen«, sagte sie, wobei sie das Wort ›Chef‹ merkwürdig betonte.

»Er möchte sich bitte etwas gedulden. In fünf Minuten habe ich Zeit für ihn«, antwortete Hantsch.

Er lehnte sich wieder zurück, schloss die Augen und dachte noch ein bisschen mehr nach.

Gerade als Hantsch das Gefühl hatte, nun sei es mit der Nachdenkerei genug, klopfte es an der Tür und Schneller trat ein.

»Was machst du hier? Wo ist der Chef?«, wollte der Generalunternehmer wissen.

»Sitzt vor dir, Herr Schneller. Was führt dich her?«

»Komm, Torsten, verarsch mich nicht. Wo ist der Chef?«

»Der Chef ist tot, ähm, weg, es lebe der Chef. Wenn du den Chef sprechen willst, musst du mit mir sprechen. Falls du etwas möchtest, empfehle ich dir Respekt und Höflichkeit. Das würde dein Anliegen unterstützen.«

»Das kann doch nicht wahr sein! Himmel, womit habe ich das verdient?«

»Das könnte ich dir sagen, aber ich will keine alten Geschichten aufwärmen. Was führt dich zu mir?«

Schneller legt sich die Hand an die Stirn. »O Mann. Na gut, ich brauche die Freigabe für den Abschlag. Die Abrechnung liegt schon ein paar Tage hier rum. Albrecht hat gesagt, das ginge klar.«

Hantsch richtete bedächtig seine Schreibunterlage an der Tischkante aus. »Tja, Herr Gieseking ist im Augenblick nicht zuständig. Deswegen hat seine Bemerkung, so sie denn tatsächlich gefallen sein sollte, keine Bedeutung. Darüber hinaus gelten nur schriftliche Bescheide.«

Schneller legte die Stirn in Falten. »Was soll das heißen?« Er knöpfte sein Jackett auf und wollte sich auf dem Besucherstuhl niederlassen.

Hantsch wedelte lässig mit der Rechten. »Von Sitzen war keine Rede. Das bedeutet, die Abrechnung liegt noch zur Prüfung beim zuständigen Sachbearbeiter. Wenn du Fragen hast oder Erklärungen dazu abgeben möchtest, kannst du das dort tun.«

»Der zuständige Sachbearbeiter bist doch du!«

»Ich bin jetzt Chef. Geh zum Sachbearbeiter, du weißt ja, die Haupttreppe runter, erster Stock, durch den Gang und hinten links. Nummer siebzehn.«

Schneller schnaufte und verdrehte die Augen. »Das fängt ja gut an. Wo ist Gieseking?«

»Dr. h. c. Gieseking ist seit einigen Tagen unauffindbar. Ich leite die Verwaltung kommissarisch, bis sein Stellvertreter aus dem Urlaub zurück ist.«

»Wann wird das sein?«, fragte Schneller düster.

»Nominell in einer Woche. Aber ich habe gehört, dass er erkrankt sein soll und deswegen möglicherweise nicht so bald in den Dienst zurückkehren wird.«

Mit starrem Blick stand der Generalunternehmer vor dem

Schreibtisch. Anscheinend konnte er sich zu nichts entschließen.

Hantsch hoffte, dass ihn die finanzielle Lage ordentlich bedrücken würde. »Ist noch was?«, fragte er.

Wortlos stürmte Schneller hinaus.

Hantsch sprang auf und verließ das, nein, sein Büro ebenfalls. Er spurtete den Gang in die entgegensetzte Richtung zur zweiten Treppe entlang und polterte einen Stock hinab.

Sein altes Büro lag direkt hinter der Korridortür. Er stürmte hinein, zog sein Jackett an, das über dem Stuhl hing, und setzte sich. Dann schlug er die Mappe mit den aktuellen Vorgängen um den Umbau des Kurhauses auf. Die Abschlagsrechnung der Firma *Schneller Bau GmbH & Co. KG* lag zuoberst. Er beugte sich darüber und tat so, als ob er sie las.

Es klopfte.

»Herein.«

Schneller öffnete die Tür und prallte zurück. »Was …« Mehr brachte er nicht heraus.

»Das heißt *Wie bitte?* Hallo, Ali. Na, was gibt's?«, fragte Hantsch aufgeräumt.

»Du machst dir doch einen Spaß mit mir. Ich hoffe, du hast jetzt genug gelacht.«

»Wie kommst du darauf?«, fragte Hantsch betont unschuldig.

»Mensch, du hast doch eben oben gehört …«

Hantsch unterbrach ihn. »Eben oben war ich der Chef. Jetzt bin ich der zuständige Sachbearbeiter. Diese Stelle ist zurzeit vakant und ich bekleide sie kommissarisch. Also, worum geht es?«

»Himmelherrgott, das weißt du doch!«

Hantsch blieb beharrlich bei seinem verbindlichen Lächeln. »Schau, ich kann nicht wissen, was du mit dem Chef besprochen hast. Bitte trage dein Anliegen vor oder lass mich alleine. Ich habe jede Menge zu tun.«

»Meine Abschlagsrechnung. Ich brauche eine Überweisung, die Verbindlichkeiten …«, sagte Schneller mühsam beherrscht.

»Setz dich erst mal. Ich muss nachschauen.« Hantsch studierte das Schreiben gründlich. »Hier steht: *Für Sanitärinstallationen, Türen und Fußbodenbeläge nach Abnahme*. Und hier sind die Posten einzeln aufgeführt. Sehr schön. Sehr ordentlich.« Hantsch blätterte weiter. Es war pro forma, aber er fand, das gehöre dazu. »Mhm, mhm, mhm, eine Abnahme finde ich nicht in den Unterlagen. Ist die nicht erfolgt?«

Schneller gestikulierte wild. »Nein, noch nicht, weil … Aber wir sind doch fast fertig, es fehlen nur noch Kleinigkeiten. Wir haben das Asbest entsorgt und es ist alles bereit für die Restarbeiten. Die dauern höchstens noch ein paar Tage.«

»Also sind sie noch nicht erledigt?«

»Torsten, du warst doch dabei …«

»O ja«, erwiderte Hantsch fest, »ich war dabei. Wenn seitdem nichts weiter geschehen ist, kann es auch keine Abnahme geben. Ohne Abnahme kein Abschlag, das weißt du doch als Fachmann.«

»Ja und was heißt das jetzt?«, wollte der Generalunternehmer mit düsterer Miene wissen.

»Das habe ich dir schon erklärt: ohne Abnahme kein Abschlag. Es tut mir leid, aber die Vorschriften sind sehr eindeutig.«

Schneller beugte sich vor und zeigte Hantsch in einer Geste der Beschwörung die offenen Handflächen. »Mensch, Torsten, das habe ich mit deinem Chef alles schon besprochen. Ich kriege den Abschlag jetzt und wir erledigen die Restarbeiten zeitnah.«

Hantsch lehnte sich weit zurück und schloss die Mappe. »Davon weiß ich nichts. Außerdem ist Torsten Hantsch der Chef und ich glaube, der weiß davon auch nichts.«

Schneller starrte ihn mit offenem Mund an. Schweiß befeuchtete seine Stirn. »Wenn ich das Geld nicht bekomme, bin ich fertig. Wir leben von der Hand in den Mund. Diese verdammten Dumpingfirmen aus dem Osten … Mir sitzen die Lieferanten im Nacken und wenn ich zum Ersten die Löhne nicht zahlen kann, laufen mir die Leute weg. Sollen die etwa umsonst arbeiten?«

»Tja, ich fürchte, das ist dein Problem. Hast du noch etwas auf dem Herzen?«

Der Generalunternehmer lief rot an, riss sich am Hemdkragen und brüllte los: »Ich lasse den ganzen Krempel wieder rausreißen und dann steht ihr blöd da mit eurer Ruine!«

Hantsch verkniff sich ein weiteres Lächeln. Er wollte nicht überziehen. Ali war cholerisch und am längeren Hebel zu sitzen, schützte nicht vor unerwünschtem Körperkontakt mit fremden Extremitäten. »Ich glaube kaum, dass deine Angestellten das tun werden, wenn sie keinen Lohn bekommen. Falls doch, gibt es noch die Polizei. Zufällig habe ich gute Verbindungen dahin.«

Schneller bemühte sich sichtlich darum, ruhig zu bleiben. Er schnaufte und öffnete den Hemdkragen weiter. »Gibt's denn wirklich nichts, was ich tun kann? Ich meine für dich persönlich, Torsten. Muss ja nicht sein, dass nur Albrecht was abbekommt.«

Hantsch nickte wissend. »So, so, der Herr Gieseking hat also was abbekommen. Ja, ich habe schon etwas Derartiges läuten gehört. Tut mir leid, ich bin für solche Angebote nicht empfänglich.«

»Torsten, stell dich nicht so an. Wir sind doch alte Schulkameraden. Davon erfährt niemand, das bleibt unter uns.«

»›Schulkameraden‹? Da sagst du was.« Hantsch betrachtete seine Fingernägel. »Unsere Kameradschaft war so wertschätzend, freundlich und innig, dass ich dich jetzt achtkantig hinauswerfen müsste. Aber ich bin nicht so. Ich kann vergessen. Leicht ist es nicht, aber ich schaffe das.«

Ein Hoffnungsschimmer hellte Schnellers Miene auf. »Na endlich nimmst du Vernunft an. Was …«

Hantsch unterbrach ihn. »Nur mal angenommen, ich würde etwas annehmen, dann handelt es sich keinesfalls um die Annahme einer Vorteilsnahme, sondern ich nehme mir als Vertreter der Verwaltung heraus, von dir als Auftragsnehmer Dinge zu fordern, die im Einklang mit deiner Annahme des Bauauftrags stehen. Das ist mir unbenommen, hast du das vernommen?«

»Äh, wie bitte?«, fragte Schneller. Er riss an seinem Hemdkragen herum und schien sehr nervös.

»Ich nehme nichts an, was ich nicht annehmen darf«, erwiderte Hantsch hoheitsvoll. »Ich werde eine Teilauszahlung deiner Rechnung beim Chef befürworten, sofern du in den nächsten zwei Tagen die Bodenbeläge einbringst, Türen einbauen, Elektrik und Sanitärinstallationen ergänzen sowie die im Vertrag vorgesehenen Einrichtungen aufbauen lässt. Am Freitagmorgen werde ich mich persönlich davon überzeugen, dass all das geschehen ist. Dann befürworte ich beim Chef die Auszahlung einer zweiten, größeren Tranche. Aber höchstens fünfundachtzig Prozent der geforderten Rechnungssumme.«

Schneller sprang auf. »Unmöglich! Wie sollen wir das schaffen? Und warum nur fünfundachtzig Prozent?«

Hantsch zog ein Prospekt aus der Mappe und hielt es hoch. »›Mit Schneller bauen Sie schneller und termingerecht‹«, zitierte er den Werbespruch. »Jetzt kannst du mal zeigen, ob das stimmt.«

Der Generalunternehmer hielt sich stöhnend den Kopf. »Du machst mich fertig. Dann sorge wenigstens dafür, dass ich jetzt zwanzigtausend bekomme.«

»Fünf«, sagte Hantsch, »mehr wird der Chef nicht genehmigen.«

»Aber du bist doch der Chef!«

»Nein, hier bin ich der zuständige Sachbearbeiter. Als solcher muss ich erst gründlich prüfen, inwieweit deine Nachschlagsforderungen wegen Mehraufwand berechtigt sind. Das braucht halt seine Zeit. Vorher werde ich dem Chef gar nichts vorlegen. Der lacht mich bloß aus.«

»Du bist doch vollkommen irre«, rief Schneller. Er knetete fahrig seine Hände.

»Was willst du? Ich bin die Verwaltung.«

Ein offen stehender Mund bestätigte Hantsch, dass er das letzte Wort gehabt hatte.

Schneller erhob sich ächzend und wollte hinaus.

»Warte. Ich schreibe einen Scheck aus. In einer Viertelstunde kannst du den unterschrieben beim Chef abholen. Und schicke mir heute im Laufe des Tages deinen Schwager vorbei. Sprinkler heißt der, richtig? Ich habe etwas mit ihm zu besprechen. Nicht vergessen, das ist Teil der Auszahlungsbedingung.«

Der Laut, der Schneller entfuhr, bevor er hinauswankte, klang wie das Geräusch, das ein Gewichtheber macht, wenn er ein Kampfgewicht nach oben reißt.

*

Das könnte mir dauerhaft gefallen, dachte Hantsch. Er hatte sich im Chefstuhl entspannt in das ungemein komfortable Rückenpolster geschmiegt, die Hände auf den Armlehnen abgelegt und ließ den Blick durch sein Refugium schweifen. Ihm war klar, dass er einiges bewegen müsste, wenn er diese Position behalten wollte. Den ersten Pflock würde er einschlagen, wenn es ihm gelänge, den Umbau des Kurhauses binnen kürzester Zeit abzuschließen. Nebenbei könnte er sein augenblicklich störendstes Problem etwas entschärfen, nämlich Sonja und Petter aus dem Haus zu bekommen. Das alleine würde jedoch nicht reichen. Den nächsten Pflock wollte er sofort in Angriff nehmen.

Er griff zum Telefon und wählte eine interne Nummer. »Herr Klein, kommen Sie bitte mal zu mir.«

»Hey, Torsten, so förmlich heute?«

»Für den Fall, dass Ihnen entgangen sein sollte, dass ich kommissarisch der Verwaltung vorstehe: Ich bin Ihr Vorgesetzter und mit Ihnen nicht per Du. In fünf Minuten will ich Sie vor meinem Schreibtisch stehen sehen.« Hantsch legte auf, ohne Klein Gelegenheit zum Protest zu geben.

Er wählte eine andere Nummer. »Schicken Sie bitte den Kollegen Bremer zu mir. – Wie, ist erkrankt? – Kopfverletzung? Ist es signifikant? – Hoffen wir das Beste. Wer substituiert ihn? – Ach das? Vertreten heißt das. – Der Kollege Feltz? Dann möchte der sich bitte umgehend bei mir einfinden. Im Direktionszimmer.«

Hantsch lehnte sich wieder zurück, schob das Fremdwörterbuch des Chefs ein Stück zur Seite und repetierte kurz die neu gelernten Begriffe, beziehungsweise Termini. Ja, er würde ein Chef sein, zu dem aufgeschaut werden konnte. Nein, musste!

Er schloss die Augen und überlegte, was seine Mutter gesagt hatte, wenn sie ihn Kröten schlucken ließ, die angeblich zu seinem Besten sein sollten. Er erinnerte sich daran, wie sie es immer wieder geschafft hatte, ihn glauben zu machen, dass alle ihre Anweisungen einem höheren Ziel dienten. Aus ihr sprach dann eine tiefe Überzeugung, die sich in Haltung und Stimme ausdrückte und gegen die Hantsch nicht ankam. Selbst die absonderlichsten Marotten hatte sie ihn so schlucken lassen können. Damals, bevor sie das Problem mit der Kellertreppe ereilte …

»Danke, Mama«, murmelte Hantsch, »ich habe etwas gelernt.« Allerdings fiel ihm nicht ein, was er sonst noch gelernt haben könnte, außer wie sich Wünsche durchsetzen ließen.

Klein riss die Tür auf und stürmte herein. »Torsten, was sollte das denn …«

»Halt!«, rief Hantsch. »Hinaus mit Ihnen und Türe schließen. Dann ordentlich anklopfen und warten, bis ich Sie hereinbitte.«

»Was?« Klein starrte mit offenem Mund.

»Das heißt *Wie bitte?* Raus, Tür zu, klopfen und warten. Als Exerzitium repetieren wir das dreimal.«

Klein deutete mit dem Daumen auf die Tür hinter sich und drehte den Kopf zwischen Hantsch und dem Ausgang hin und her. Den Mund hatte er immer noch nicht zugeklappt.

»Los jetzt, sonst gibt es keinen Nachtisch«, fügte Hantsch hinzu.

Kleins Augenbrauen hoben sich fast bis zum Haaransatz. Aber er tat, wie ihm geheißen.

Nach jedem der beiden ersten bockigen Versuche musste Hantsch ihn zur Wiederholung mahnen und daran erinnern, dass Klein diese Übung so lange fortsetzen müsse, bis sie zu Hantschs Zufriedenheit ausfallen würde. Nach dem letzten Eintreten durfte Klein sich auf den Besucherstuhl setzen.

Offenbar von Gefühlsstürmen umtost, saß der Gedeckelte schwer atmend da. Bange Erwartung sprach aus seiner Miene.

Hantsch ließ ihn zappeln, während er so tat, als ob er die Papiere auf seinem Tisch studierte. Dazu schüttelte er mehrfach leicht den Kopf und machte: »Ts, ts, ts.« Schließlich sagte er: »Ich habe Sie kommen lassen, weil ich Ihnen eine Sonderaufgabe übertragen werde.«

»Och nö.« Klein verzog das Gesicht, als schnuppere er an schlecht gewordenem Essen.

»O doch!«, sagte Hantsch mit Nachdruck. »Es liegen wichtige Herausforderungen vor uns und wir werden unser Heilbad auf ein neues, besseres, ja europäisches Spitzenniveau befördern. Ihnen kommt dabei eine integrale Obliegenheit zu und Sie wollen nicht? Das kann ich nur schwerlich glauben.«

Jetzt geriet Kleins ganzer Oberkörper in Unruhe. »Aber ich habe doch schon eine inte… ähm, wichtige Rolle …«

Mit einer energischen Handbewegung brachte Hantsch ihn zum Schweigen. »Ich will ganz ehrlich sein, Herr Klein.

Bei Ihnen besteht Rehabilitationsbedarf. Da ich nicht nachtragend bin, gebe ich Ihnen dazu die Gelegenheit, indem ich Ihnen eine Aufgabe übertrage, mit der sie all Ihre Unkollegialität und anderweitige Defizite ausgleichen können.«

Klein fuhr auf. »›Defizite‹? Und was meinen Sie mit ›Unkollegialität‹?«

»Ich möchte das nicht im Einzelnen ausführen müssen«, erwiderte Hantsch ruhig. »Aber ich darf Sie an Salz in Zuckerstreuern erinnern und an das Lächerlichmachen von Kollegen bei Betriebsversammlungen oder wenn eine Ordnungsbehörde im Hause tätig werden muss. Vielleicht erinnern Sie sich auch zufällig noch an die Sache mit dem Druckerpapier und der Damenunterwäsche.«

»Ja, ja, habe verstanden«, sagte Klein schnell.

»Schön. Ich wusste, dass ich ein Stück weit Vertrauen auf Ihre Antizipationsfähigkeit setzen kann«, meinte Hantsch.

Ein Klopfen an der Tür unterbrach ihn. Er forderte zum Eintreten auf und ein hagerer Mann mit kurz geschorenem dunklem Haar kam herein.

»Ach, schön, dass Sie da sind. Nehmen Sie Platz. Das ist der Kollege Klein. Herr Klein, das ist der Kollege Feltz von der *Grün GmbH,* mit dem Sie zusammen an einem Projekt tätig sein werden, bis der Kollege Bremer wieder dienstfähig ist.«

Feltz schien etwas irritiert, schwieg aber und nickte.

»Ihrer beider Aufgabe wird sein, die Feierlichkeiten zur Neueröffnung des Kurmittelhauses zu organisieren. Ich habe hier das alte Konzept, zu dem ich Modifikationen notiert habe. Diese möchte ich realisiert sehen.« Hantsch teilte Blätter aus. »Weitere Ideen sind natürlich willkommen. Außerdem wünsche ich, dem Haus eine innovative Bezeichnung zukommen zu lassen. Vorschläge?«

Feltz und Klein starrten auf die Papiere.

»Ich dachte an Üblich-Haus«, fuhr Hantsch fort. »Das ist einprägsam, nach dem Sagenkönig des hiesigen Bergbaus betont Üblich den lokalen Charakter und der Schriftzug ist kurz genug, um den Eingang nicht so zu verschandeln, wie das aktuell mit diesem ›Gesundheitszentrum‹ der Fall ist. Zudem ist der aktuelle Name sachlich falsch, denn ganz Bad Gruntz mit seiner schönen Umgebung ist ein Gesundheitszentrum. Oder finden Sie König-Üblich-Haus besser?«

Hantschs Gegenüber gaben nur Gestammel von sich.

»Nicht? Aha, nun, dann bleibt es bei Üblich-Haus. Haben Sie noch weitere Vorschläge für unser Eröffnungsevent?«

Klein tippte auf ein Blatt. »Was bedeutet *B. Brocken*? Und was *B. Klett*?«

»Das steht für ›Brainwriting‹«, erwiderte Hantsch hoheitsvoll. »Umsetzen müssen Sie es. Sie bilden ab sofort die *Taskforce ressortübergreifender Support.* Nutzen Sie diese Chance für eine innovative Herangehensweise.«

»Aber ich weiß immer noch nicht, was das alles bedeutet.«

Hantsch seufzte mit einiger Theatralik. »Ich sehe schon, ich muss Ihnen helfen. Wir sollten unsere Nähe zum mythischen Berg, dem Brocken, identitätsstiftend ausnutzen. Deshalb dachte ich an diesen Professor Brocken, ich glaube, er heißt Bazon mit Vornamen. Vielleicht könnte der etwas intellektuellen Glanz in unser Event implementieren. Und natürlich brauchen wir den Brockenkletterer, der schon ein paar Tausend Mal den Berg erklettert hat.«

»Aber den können wir doch nicht … Der ist doch immer …« Hantschs Vorschlag machte Feltz sichtlich nervös.

»Sie müssen ihn davon überzeugen, dass er bei der Präsentation Kleidung trägt, nicht nur Wanderschuhe. Versprechen Sie ihm dafür ein Honorar. Und wenn er partout nicht will, kann er sich ja vielleicht seinen langen Bart so drapieren, dass … vielleicht zwischen den Beinen hindurch … noch ein Stück rückseitig in die Höhe … mit einem Gürtel oder Band …« Hantsch geriet nun selbst ins Stottern, denn dieser Themenbereich war durch seine Studien im Wörterbuch noch nicht abgedeckt. Er hob die Schultern und drückte die Brust heraus. »Lassen Sie sich eben was einfallen. Der Mann war schon im Fernsehen, den brauchen wir. In einer Woche muss das Programm stehen, in zwei Wochen findet das Eröffnungsevent statt. Auf, an die Arbeit und täglich Rapport bei mir.«

Er sah in zwei verwirrte und auch verstörte Gesichter.

»Aber die Fertigstellung des Hauses …«, sagte Klein.

Der Chefsessel gab ein leichtes Knarren von sich, als Hantsch sich bequem zurücklehnte. »Dafür habe ich schon gesorgt, machen Sie sich keine Gedanken. Um alles andere kümmere ich mich ebenfalls. Und jetzt hinaus mit Ihnen, Sie haben zu tun.«

*

Hantsch konnte das Haus inzwischen als eigenes ansehen, weil seine Mutter anderweitig untergekommen war. Seitdem war ihm das Betreten noch nie so unangenehm gewesen.

Die Zeitungen, die er immer wieder sorgsam auslegte, knüllten sich in den Wandecken. Fremde Schuhe, fremde Gerüche und fremde Geräusche erwarteten ihn. Aus dem Wohnzimmer drang das Gequake des Fernsehers. Jensen sang in der Küche zu Pop aus dem Radio und klapperte mit Töpfen. Es roch nach Essen, das stundenlang gekocht worden war, um jegliche Gefahr eines Vitaminschocks zu bannen.

»Hast du was rausgekriegt?«, fragte Jensen, ohne sich zu Hantsch umzuwenden, als dieser die Küche betrat.

»Wovon sprichst du?«

»Vom Löscher. Wo der abgeblieben ist, Mann!«

»Nein.« Hantsch setzte sich an den Küchentisch. Ins Wohnzimmer wollte er nicht, denn dort vermutete er Sonja vor dem Fernsehgerät. Der Lärmpegel legte das nahe und Hantsch wusste, in welchem Aufzug sie vor der Mattscheibe zu flegeln beliebte.

»Du nimmst das aber auf die leichte Schulter«, meinte Jensen. Er rührte in einem großen Topf, aus dem es verdächtig dampfte. »Ich hab mir das mal durch den Kopf gehen lassen. Den Löscher muss jemand ausgetauscht haben und da kommen nich allzu viele infrage.«

»Nein?«, murmelte Hantsch abwesend. Ihn interessierte Jensens Erörterung nicht, aber das wollte er sich nicht anmerken lassen. Der lästige Kerl käme bloß auf noch mehr dumme Ideen.

Jensen drehte sich um und deutete mit dem triefenden Kochlöffel auf Hantsch. »Nee! Nur die Nachbarn. Oder du.«

»Ich bestimmt nicht«, erwiderte Hantsch schnell.

Jensen kniff die Augen zusammen. Sein intensiver Blick traf Hantsch äußerst unangenehm.

»Was kochst du da?«, fragte er, um ein anderes Thema anzuschneiden.

»Mittach. Wenn du's nich warst, dann jemand von den Nachbarn. Die Olle von nebenan bestimmt nich. Aber dem jungen Gemüse würde ich es zutrauen. Denen sollten wir mal auf den Zahn fühlen.«

Hantsch sah sich in der Zwickmühle. So lange Jensen alle möglichen Nachbarn verdächtigte, war das bestens. Aber wenn er nun seine Verdächtigungen überprüfen wollte, konnte das sehr unangenehm werden. Obwohl Hantsch selbst darauf spekuliert hatte. Nur hatte er nicht hinreichend bedacht, welche Folgen seine Taktik haben könnte. Zeitigen könnte, musste es natürlich heißen, berichtigte er sich in Gedanken. Dazu den gebildeten Begriff, nein, Terminus, verwenden, nämlich Konsequenzen statt Folgen. Hier drohte schon eine, denn zum Schluss würde sich Jensen auf ihn konzentrieren. Von den Flurschäden, die er bis dahin verursacht haben würde, ganz zu schweigen.

»Die sind nur zu Besuch«, murmelte Hantsch.

»Ja und? Ich kannte mal einen, der hat überall und immer geklaut, selbst wenn er in den Urlaub gefahren ist.«

»Du redest nicht zufällig von dir selbst?«, fragte Hantsch.

Jensen fuchtelte mit dem feuchten Kochlöffel unter

Hantschs Nase herum. »Das musst du gerade sagen, du Kameradenschwein! Du hast dir das Zeug unter den Nagel gerissen. Zusammen mit Sonja. Wenn ich nicht geahnt hätte, dass da was nicht stimmt , dann …«

»Was redet ihr über mich, Jungchen? Ich ziehe euch die Ohren lang.« Sonja stand in der Tür, die Seiten der Latzhose offen, sodass sie abstanden und am Rahmen scheuerten.

»Ja, du wolltest mich auch bescheißen«, rief Jensen.

Sonja stemmte die Fäuste in die Hüften, soweit es der Türrahmen zuließ. Sie schob das Kinn vor. »Red du nicht von Bescheißen, du Köömbroder. Wer hat euch aus der Patsche geholfen und die tote Deern weggeschafft? Hast du bis jetzt dafür auch nur einen müden Cent rüberwachsen lassen? Pustekuchen!«

»Genau«, sagte Hantsch.

Sonja warf ihm einen Blick zu, der ihn zusammenzucken ließ.

»Sei du mal still, von dir krieg ich auch was, du Sabbelbüdel.« Sie drehte sich wieder zu Jensen. »Wann ist das Essen fertig?«

Jensen sah missmutig in den kleinen Topf. Er zuckte mit den Schultern.

Sonja kam herein und drängte ihn mit ihrer Masse zur Seite. »Was ist das denn für ein Pampf?«

»Labskaus«, meinte Jensen.

»Labskaus? Das?« Sie warf den Deckel wieder über den dampfenden Inhalt und nahm einen Teller aus dem Spülkorb.

»Hatte kein Pökelfleisch, da bin ich auf Leberwurst umgestiegen«, brummte Jensen. »Rote Beete war auch nicht. Hab stattdessen was von dem Grünzeug reingetan.« Er zeigte auf ein paar zerfetzte Salatblätter, die noch auf der Arbeitsfläche lagen.

»Ich nehm lieber von der Suppe.« Sonja schöpfte mit einer Kelle aus dem großen Topf. Sie holte sich eine Schnitte aus dem Brotkasten und setzte sich an den Tisch. »Macht, was ihr wollt, aber ich esse jetzt.« Sie rührte mit dem Löffel in der Suppe. »Die ist ganz schön dünn.« Vorsichtig probierte sie. »Schmeckt komisch. Was ist da drin?«

Jensen zog den Kochlöffel aus dem Labskaus und stocherte im großen Topf herum. Als er den Löffel wieder herauszog, hing ein triefendes Stoffstück daran.

»Ich koch meine Unterbuxen …«

Sonja schoss vom Stuhl hoch, nahm den schwappenden Teller und warf ihn nach Jensen.

Der wich behände aus, sodass der Teller das rustikale Gewürzbord an der Wand traf. Danach war für einige Momente nur das Tropfen von Brühe zu hören.

Hantsch jammerte lautlos.

»Doch lieber Labskaus?«, fragte Jensen in die gespannte Stille hinein.

Ein schneller Schritt genügte, um Sonja zum Herd zu bringen. Sie riss den kleinen Topf vom Feuer und hämmerte seinen Inhalt in die Kochwäsche.

»Sach mal …«, tönte Jensen.

Weiter kam er nicht, denn Sonja stülpte ihm den Topf über den Schädel. Die Reste des Labskaus rutschten am wie festgenagelt stehenden Jensen herab.

»Nein, nein«, jaulte Hantsch, »meine …«

»Deine gute Küche? Oder deine kleine heile Welt? Deine beschissene, kleinkarierte, ordentliche, heile Welt, die stinkt vor Hass, Neid, Habgier, Größenwahn und ungewaschenen Füßen«, zischte Sonja. Sie schubste Jensen beiseite, der gerade schmatzend den Topf abhob. »Ich hol mir 'ne Pizza!«, brüllte sie aus dem Flur.

»Warte«, rief Hantsch, »warte, ich habe eine Idee.«

*

Zunächst hatte Jensen sich wie eine Ballerina vor dem Schlafzimmerspiegel gedreht, das Kinn hochgenommen und

Posen einstudiert. Auf einmal spielte es für ihn keine Rolle mehr, dass er das Haus nicht verlassen wollte, bevor er nicht alle Verdächtigen gründlich überprüft hatte, wie er sich ausgedrückt hatte.

Danach entspann sich eine lästige Diskussion darüber, wie viele Kugelschreiber in die Brusttasche gehörten.

Jensen vertrat die Meinung, an der Zahl der Stifte könne die Wichtigkeit des Trägers abgelesen werden.

Hantsch wandte ein, dass es viel sinnvoller sei, wenn Jensen sich ordentlich rasieren würde und anstatt des Zottelschopfes besser gekämmt auftrete.

Sonja bestätigte dies und argumentierte, dass sie sich nicht mit einem Kollegen sehen lassen wolle, der wie ein Bahnhofspenner daherkomme.

Damit hatten sie Jensen den Spaß anscheinend ziemlich verdorben. Schließlich beugte er sich dem Druck. Es brauchte eine Stunde und viel warmes Wasser, aber anschließend sah er immerhin wie ein gewaschener Bahnhofspenner aus, wie Sonja bemerkte.

Das darauf folgende lautstarke Schmollen Jensens besänftigte Hantsch mit seinen restlichen Vorräten an Geduld, guten Worten und *Harzgeist.* Als Beifang verbuchte er, dass er Jensen davon überzeugen konnte, den weißen Kittel erst zu tragen, wenn er von Hantsch als Alternativmediziner im Gesundheitszentrum vorgestellt worden war.

Das nächste Problem stellte die angemessene Garderobe dar. Sonja trug nur Latzhosen, weil alles andere angeblich kniff. Bei Jensen haperte es an sauberen Sachen. Er verfügte über kein einziges Kleidungsstück, das nicht fleckig oder zerschlissen war. Auf das meiste traf beides zu.

Zuletzt musste Hantsch doch einsehen, dass weiße Kittel das Beste waren, wenn sie schon Aufsehen erregen würden. Bei Jensen erwies sich dessen kurz geratener Wuchs als besonders praktisch. Der Kittel reichte weit hinab und das war auch gut so.

»Die Kittel zieht ihr aber erst über, wenn wir den Weg vom Weltwald herunterkommen«, sagte Hantsch kategorisch.

Sie schlichen durch den Garten bis zum Zaun an der oberen Grundstücksgrenze. Dort gab es ein rostiges Tor aus alten Zeiten, in denen Hantschs Eltern ihre Abfälle in den öffentlichen Grund exportiert hatten. Dabei wollten sie sich nicht wie die Nachbarn damit begnügen, den Kram einfach über den Zaun zu werfen.

Hantsch eskortierte seine ungeliebten Gäste den Hundekackepfad entlang bis zum Üblichsteig. Nachdem sie auf dem stillen Wanderweg ein paar Meter talwärts zurückgelegt hatten, durften Jensen und Sonja die Kittel überwerfen.

Während sie durch den Kurpark zum Gesundheitszentrum schlenderten, tat Hantsch so, als ob er seiner Begleitung den Ort zeigte. Er wies mal hierhin, mal dorthin und wenn jemand in Hörweite kam, rasselte er ein paar belanglose Informationen herunter.

Von den flanierenden Kurgästen wurden sie neugierig gemustert. Da sonst wenig los war, stellten Ärzte in freier Wildbahn ein bemerkenswertes Ereignis dar.

Hantsch fiel auf, dass sich Jensen viel aufrechter hielt als sonst. Der Gnom schlurfte auch nicht mehr, sondern paradierte förmlich.

Kurz vor ihrem Ziel trafen sie die Sonderbeauftragten Feltz und Klein. Die beiden kämpften darum, einen Faltplan zu glätten, was in der lauen Brise einige Schwierigkeiten bereitete.

Hantsch stellte seine Begleitung als Dr. Sing Ma Tao und Dr. Lachnitt vor. Klein und Feltz starrten mit offenem Mund.

»Wie?«, fragte Klein.

»Das sind unsere neuen Kurärzte für chinesische und alternative Heilverfahren.«

»Sing wie?«, wollte Klein wissen.

»Ma Tao«, knarzte Jensen unwillig.

Um Kleins Mund zuckte es. Der Missmut war schlagartig

aus seiner Miene gewichen. Auch Feltz kämpfte mit einem Grinsen.

»Wir müssen weiter«, meinte Hantsch. Er war zufrieden, dass seine Rache an Sonja und Jensen zwar ganz unschuldig daherkam, aber wirkte.

»Das sind ja vielleicht Vollpfosten«, meinte Sonja im Weitergehen. »Die sollen sich bloß in Acht nehmen.«

Jensen knurrte etwas Unverständliches. Es klang bekräftigend.

Sie betraten das Foyer des zukünftigen Üblich-Hauses.

»Hier unten ist der Empfang«, sagte Hantsch überflüssigerweise. »Da vorne geht's zum Schwimmbecken, dahinter liegen die Ruheräume. Wir haben Räume für Massage, Fango, eine Dampfsauna und so weiter. Wir wollen aber nach oben. Folgen Sie mir.«

»Alles schön und gut, wir müssen aber den Löscher finden«, raunte Jensen.

»Erst mal müssen wir euch unverdächtig unterbringen. Dann suchen wir den Löscher und auch den ehemaligen Amtsleiter. Irgendwo müssen die beiden ja stecken«, flüsterte Hantsch zurück.

Er beeilte sich, die Treppe hinaufzusteigen, damit Jensen nicht weiter nachbohren konnte.

Oben angekommen, sagte er: »Ah, das lob ich mir.«

Zwei staubige Bauarbeiter waren gerade dabei, die Eingangstür zu den Praxisräumen einzusetzen.

»Wo ist Herr Sprinkler?«, wollte Hantsch von ihnen wissen.

Einer der beiden deutete mit dem Kopf ins Innere. Er konnte nicht reden, weil eine Fluppe den Platz zwischen den Zähnen einnahm. Außerdem trug er die Tür.

Hantsch drängelte sich vorbei. »Die Tür ist schwer«, sagte er zu Jensen und Sonja, die ihm folgten. »Sie sehen, wir verarbeiten nur Qualitätsware in Ihrer neuen, wunderbaren Wirkungsstätte.« Zu den Bauarbeitern gewandt, meinte er: »Da stimmen Sie mir sicher zu.«

Außer Schnaufen kam keine Antwort.

»Machen Sie sich in Ruhe mit den Räumlichkeiten vertraut.« Hantsch sprach übertrieben laut. Er zog ein paar Blätter aus seiner Aktentasche und gab sie Sonja. »Bitte notieren Sie alles, was Ihnen an Ausstattung noch fehlt, Frau Dr. Lachnitt. Ich werde die Beschaffung umgehend veranlassen. Jetzt entschuldigen Sie mich einen Moment, ich habe mit dem Herrn Bauleiter zu sprechen. Herr Sprinkler, wo stecken Sie?«

Da keine Antwort kam, wanderte Hantsch über frisch verlegte Fußböden durch die Räume. Er fand Schnellers Schwager im Badebereich, wo dieser mit der Montage einiger Armaturen beschäftigt war.

»Na, ich wusste doch, dass Sie die Zeitvorgabe einhalten können«, meinte Hantsch aufgeräumt.

Sprinkler drehte sich kurz zu ihm herum. Der Bauleiter war genauso staubig wie die anderen Arbeiter, dunkle Ringe zierten die geschwollenen Tränensäcke unter seinen Augen. Er antwortete nichts, sondern wandte sich wieder seiner Arbeit zu.

»Ich habe Sie in meinem Büro erwartet und Sie sind nicht gekommen.«

Sprinkler ließ das Werkzeug sinken. »Ich hab alle Hände voll zu tun und keine Zeit zum Quatschen.«

»Sie können sich so sehr ins Zeug legen, wie Sie möchten. Solange Sie nicht bei mir vorgesprochen haben, kann ihr Schwager nicht mit einer Zahlung rechnen.«

Sprinkler warf das Hanfknäuel, das er in der linken Hand gehalten hatte, ins Waschbecken und drehte sich erneut um. »Worum geht's denn?«

»Das möchte ich lieber in meinem Büro besprechen. Es ist sozusagen vertraulich.«

»›Vertraulich‹? Was soll das denn? Ich bin verheiratet!«

Hantsch hob beschwörend die Hände. »Bitte leise. Es geht nicht um romantische Herzensangelegenheiten, sondern um etwas Geschäftliches, auf das Sie sich gut verstehen, wie ich glaube. Ihr Schaden wird es nicht sein, das versichere ich Ihnen.«

Sprinkler betrachtete den Zangenschlüssel, den er in der Rechten hielt. Für Hantsch sah es aus, als würde er abwägen, wie gut sich das Werkzeug für einen Schlag eignete.

»Ich möchte Sie nicht länger stören, aber vielleicht könnten Sie in der Mittagspause hinüber in mein Büro kommen. Ich werde eine schmackhafte Mahlzeit für Sie bereithalten und Ihnen mein Anliegen unterbreiten. Einverstanden?«

Der Bauleiter verzog den Mund, schnaufte und zuckte mit den Schultern.

»Schön«, meinte Hantsch, »dann sind wir uns einig. Bis dahin wissen Sie sicherlich, welche Wünsche unsere neuen Doktoren haben, und können mir die Anforderungsformulare mitbringen. Ist Ihnen ein Wiener Schnitzel mit Pommes recht?«

*

Hantsch überflog die Liste. Er konnte sich nicht darauf konzentrieren, zumal Sprinkler schmatzte und mit dem Messer auf dem Teller herumkratzte.

Der Text schien aus schunkelnden Hieroglyphen zu bestehen. *Bier* konnte er entziffern und ein anderes Wort sah wie *Heilbad* aus. Kurz entschlossen zeichnete er die Anforderungen ab und legte sie in den Ausgangskorb.

»Darf ich Ihnen Gesellschaft leisten?« Mit diesen Worten wandte er sich dem emsig kauenden Bauleiter zu.

Der glotzte nur und hob die Schultern.

Hantsch schob sich einen Stuhl am Besprechungstisch zurecht. »Wenn Sie einen Kaffee möchten, kann ich Ihnen den frisch servieren.«

Sprinkler nickte heftig mit vollem Mund.

Der Kaffeeautomat im Schrank grinste Hantsch mit seinem

chromblinkenden Körper an. Warte nur, dachte Hantsch, ich werde dir schon noch beikommen. Er schloss die Tür wieder und bestellte bei Frau Schütt eine Tasse Kaffee.

»Hat es denn geschmeckt?«, fragte er dann vorbereitend, setzte sich an den Tisch und sah Sprinkler an.

Der spießte gerade die letzten Pommes auf und stopfte sie sich in den Mund. »Kann ich endlich erfahren, um was es geht?«, fragte er statt einer Antwort.

»Ich habe vernommen, dass Sie im Veräußern von … gewissen Waren bewandert sind, die nur mit höchster Diskretion vermarktet werden können.«

»Häh?«

»Das heißt *Wie bitte?* Ich meine den Handel mit Erzeugnissen, die nicht im Handelsrecht auftauchen.«

Sprinkler verzog den Mund. Er schien verwirrt und zögerte mit der Antwort. »Ich glaube, ich weiß, worum es geht: meine Vorstrafe. Die habe ich abgesessen und will damit nichts mehr zu tun haben.« Der Bauleiter machte Anstalten, sich zu erheben.

»Halt, bleiben Sie, ich mache Ihnen keine Vorwürfe«, erwiderte Hantsch eilig. »Ich finde es lediglich angeraten, Mitarbeiter nach Maßgabe ihrer Eignung einzusetzen, und hätte eine Sonderaufgabe für Sie. Die Annahme dieser Aufgabe würde die Zahlungsbereitschaft der Verwaltung bezüglich der Bauabrechnungen positiv beeinflussen. Äußerst positiv, darf ich betonen.«

»Welche Aufgabe?«, wollte Sprinkler wissen. Er stand bereits.

»Nun ja, es geht um Marketing. Ich bevorrate eine Partie eines höchst werthaltigen Stoffes und möchte, dass dieser in die Wertschöpfungskette eingebunden wird.«

Ein undefinierbares Grinsen zierte Sprinklers Gesicht. Er setzte sich wieder. »Soso, ich soll also Rauschgift verkaufen. Ganz schön was los in diesem Kaff. Wird das hier das neue Medellín?«

»Medellín? Was soll das heißen?«

»Egal, tut nichts zur Sache. Warum sollte ich das machen? Ob mein Schwager pleitegeht mit seiner Klitsche, kann mir ziemlich wurscht sein. Einen neuen Baujob finde ich locker.«

»Ich dachte, es gäbe da eine Loyalität aufgrund der Familienbande«, sagte Hantsch. Er war irritiert.

Sprinkler lachte laut. »›Loyalität‹? Ihr denkt alle, als vorbestrafter Knacki muss ich dankbar sein, wenn ihr mir einen Knochen hinhaltet. Vergesst es.« Er verstummte, denn Schütt klopfte und brachte den Kaffee.

Die Männer warteten schweigend, bis sie wieder alleine waren. Das dauerte. Frau Schütt ließ sich viel Zeit und musterte das Setting ausgiebig.

»Also?«, sagte Sprinkler schließlich.

»Was also?«, fragte Hantsch.

»Warum?«, fragte Sprinkler.

»Wie, warum?«, sagte Hantsch.

»Herrgott, warum ich das machen soll!«

»Wenn Sie Ihre Befähigung in dieser Sache unter Beweis stellen, können Sie mit einer großzügigen Gratifikation rechnen«, meinte Hantsch leise.

»Wie viel?«

»Wie, wie viel?«

»›Großzügige Gratifikation‹, pah. Ich will eine Zahl hören«, knurrte Sprinkler.

»Nun gut. Sechs Kilo.«

Sprinkler zuckte zusammen. Sein Blick umwölkte sich. »Sechs Kilo? Sechs Kilo wovon?«

»Ich glaube, es wird Schnee genannt.«

»Das ... das gibt's nicht.«

»Doch, doch, Herr Sprinkler. Es handelt sich um sechs Kilo dieses weißen Pulvers. Was stört Sie daran so?«

»Aber ... Gestern Abend hat ...«

»Ja, was denn?«, wollte Hantsch wissen.

»Egal.« Sprinkler straffte sich. »Ich nehme zwanzig Prozent.«

»Zwanzig Prozent? Das wären ja eins Komma zwei Kilo.« Hantsch konnte es kaum glauben. Es erschien ihm schon fast unverschämt viel.

»Quatsch. Zwanzig Prozent Provision vom Erlös.«

»Aha. Und wie viel wäre das? Also der Erlös.«

»Kommt drauf an. Wenn das guter Stoff ist, dreihundertfünfzig, vielleicht vierhundert.«

»Euro?«, fragte Hantsch erschrocken. »Das wäre ja kaum der Mühe wert. Dafür kann ich noch nicht mal meine Küche renovieren lassen.«

Sprinkler zog kurz die Augenbrauen zusammen. »Wieso Küche? Ach, verstehe. Natürlich tausend. Also bis zu vierhunderttausend.«

Hantsch schnaufte erleichtert. »Trotzdem«, meinte er dann. »Das wären ja sechzig- bis achtzigtausend Euro Provision. Finden Sie das nicht ein bisschen viel?«

»Nö.«

»Ich schon.«

»Sie können es ja selbst verkaufen. Mit etwas Glück kriegen Sie hundertfünfzigtausend. Oder, wenn Sie auf einen Zivilfahnder reinfallen, sicher so an die sechs Jahre.«

»Einverstanden«, sagte Hantsch sofort. »Schreiten Sie zur Tat.«

»Ich brauche eine Probe«, erwiderte Sprinkler.

Hantsch holte seine Aktentasche, der er ein mit weißem Pulver gefülltes Senfglas entnahm. »Ich bin darauf vorbereitet.« Das Glas landete neben der Kaffeetasse.

Sprinkler öffnete es, feuchtete einen Finger an und stippte ihn ins Pulver. Er leckte ihn ab und schmeckte mit Schmollmund. »Scheint gut. Jedenfalls besser als so mancher Dreck, der einem hingehalten wird. Wo haben Sie das her?«

»Das möchte ich Ihnen nicht verraten. Sie müssen sich damit zufriedengeben, dass sich dieses Kokain in meinem Besitz befindet. Wann kann ich mit Vollzug rechnen?«

»Vollzug? Den hab ich in beschissener Erinnerung. Ich

hoffe, so weit kommt's nicht mehr. Am Wochenende sehe ich mal, was ich tun kann. Jetzt hätte ich gerne einen schönen Scheck für meinen Schwager.«

Bestimmt war er zu weich gewesen, dachte Hantsch, nachdem der Bauleiter gegangen war. Er traute diesem Kerl nicht. Sicher wollte Sprinkler ihn betrügen. Durch dieses Manöver hatte er sich ihm verschrieben und musste hoffen, dass der Bauleiter fair spielte. Oder er könnte eine Möglichkeit finden, dessen Tun zu überprüfen.

Allerdings hatte Hantsch bereits einen fetten Abschlag gezahlt und konnte kaum mehr eingreifen. Schneller würde wieder in seinen gewohnten Trott verfallen. Überall großartig anfangen, um den Auftrag zu bekommen, Abschläge kassieren und dann den Fortschritt auf Sparflamme setzen.

Dabei liefen die Jubelfeiervorbereitungen schon auf vollen Touren. Gerade noch rechtzeitig, bevor der Indian Summer den Harz verlassen würde. Plakate waren in Auftrag gegeben und sollten noch vor Samstag den Ort zieren.

Der *Musikzug Taubeohrn* war gegen einen erschwinglichen Geldbetrag zum Verschieben seiner schon lange gebuchten Termine bereit und würde die Feierlichkeiten begleiten.

Hantsch griff zum Telefon. Er hatte die Liste mit den Wünschen von Jensen und Sonja einfach an den Kollegen Heimeier weitergegeben. Jetzt plagte ihn auch hier der Argwohn.

»Hantsch am Apparat. Sagen Sie, Kollege, wie sieht das mit dem Anforderungsschein aus?«

»Alles schon erledigt«, sagte Heimeier.

»Ach, ich wollte nur wissen, ob da irgendwelche, wie soll ich sagen, Imponderabilien vorliegen.«

»›Imponderabilien‹? Meinen Sie damit das merkwürdige Zeug, das ich bestellen sollte?«

Hantsch seufzte und stützte den Kopf auf. »›Merkwürdiges Zeug‹? Was meinen Sie damit?«

»Nun ja, ich vermute, dass die achthundert Liter Bier für die Eröffnungsfeier gebraucht werden. Der Sambuca, der

Harzgeist und der Eierlikör auch. Aber die Fische? Für Fischtherapie werden ausschließlich Knabberfische verwendet, soweit mir bekannt ist. Weiße Latzhosen bestellen wir auch nicht alle Tage. Sie haben es abgezeichnet, da habe ich es bestellt. Ich hoffe doch, das war in Ihrem Sinn.«

»Ja, ja, danke. Gute Arbeit.« Mit diesen widerwillig geäußerten Worten beendete Hantsch das Gespräch.

Er stand auf und stellte sich ans Fenster. Die Sonne versteckte sich hinter dünnen Wolken, das bunte Laub schimmerte matt.

Er fragte sich, was Petter und Sonja mit all diesem Zeug vorhatten. Wahrscheinlich saufen und Sonja wollte wohl immer noch nur Latzhosen tragen. Nun gut, sollten sie. Hauptsache die beiden waren beschäftigt und störten nicht. Aber wozu die Fische? Er hätte Heimeier fragen sollen, egal ob der sich wunderte, dass Hantsch nicht mehr wusste, was er unterschrieben hatte. Allmählich wurde ihm klar, in welche unangenehme Lage er sich gebracht hatte, wenn in drei Monaten die echten Naturheiler ihre Arbeit antreten wollten. Er hatte zwölf Wochen Zeit, dafür eine Lösung zu finden. Nur zwölf Wochen. Hantsch seufzte.

Es klopfte und Schütt steckte ihren sorgfältig frisierten Kopf herein. »Da wäre jemand für Sie ohne Termin. Haben Sie Zeit?«

»Jemand?«, fragte Hantsch zurück.

»Eine junge, ähm, Frau, sie heißt …«

»Anna. Anna Lilie.« Eine fremde Stimme drang an Schütt vorbei. Gleich darauf erschien die dazugehörige Person selbst. Sie war ziemlich jung und trug gefärbte Haare, deren Schnitt womöglich durch einen besoffenen Samurai ausgeführt worden war.

»Ist gut, Frau Schütt«, sagte Hantsch.

Die Kollegin zog die Stirn in Falten, bemühte sich aber nicht länger, Anna Lilie vom Eindringen abzuhalten.

Die grinste Frau Schütt an, strebte zur Sitzgruppe, ließ

sich auf dem Sofa nieder und schlug die Beine übereinander. Aus den zahlreichen Löchern ihrer Jeans leuchtete eine ähnlich löchrige rote Strumpfhose heraus.

»Ich brauche Sie nicht mehr, Frau Schütt, oder ist noch etwas?«, fragte Hantsch.

»Keinen Kaffee?«, lautete die Gegenfrage.

»Nein!«

»Ich nehme eine Cola«, sagte Anna.

Schütt zuckte zusammen. »Wir haben aber …«

Hantsch wedelte mit einer Hand. »Besorgen Sie was.«

Weil Frau Schütt sich nicht bewegte, fügte er hinzu: »Jetzt!«

Abrupt drehte sich sich um und stapfte hinaus. Das Schließen der Tür fiel heftig aus.

Anna sah sich ungeniert im Büro um. »Schick.«

»Was kann ich für Sie tun, Frau Lilie?«, fragte Hantsch, der sich äußerst unbehaglich fühlte.

Natürlich erkannte er Frau Seidlers Enkelin, nicht zuletzt an ihren bunten Haaren. Entweder verhielt sie sich immer so oder ihre Dreistigkeit bedeutete, dass sie ein Anliegen hatte, das Hantsch partout nicht mit ihr besprechen wollte.

»Du kannst dich ruhig setzen«, sagte Anna. Sie kaute mit halb offenem Mund ein Kaugummi und sah ziemlich lässig aus.

Hantsch schloss kurz die Augen. Scheiße. Herrjeh, nicht dieses Unwort. Also: Exkrement. Das fing nicht gut an. Überhaupt nicht gut. Anna war trotz ihrer Jugend irgendwie eine Frau. Frauen machten ihn grundsätzlich nervös. Schweiß drang aus seinen Poren.

»Hinsetzen. Warum hast du den Feuerlöscher in Omas Garten versteckt? Was ist da überhaupt drin?« Sie schmatzte laut.

Der Sessel ächzte unter Hantschs Gewicht, als er sich hineinplumpsen ließ. Er zog ein Taschentuch hervor und wischte sich die Stirn ab. »Heiß heute, nicht wahr?«, murmelte er.

»Nein, überhaupt nicht. Also?« Sie kaute unbeirrt weiter.

»Von welchem Feuerlöscher sprechen Sie?«

Anna beugte sich ein Stück vor. »Stell dich nicht dumm. Das zieht nicht.«

»Nicht?«, meinte Hantsch. »Mist.«

Anna lachte auf. »Was bist du denn für ein lustiger Vogel? Meine Oma sagt, du wärst ein bisschen zurückgeblieben. Stimmt das?«

»Bleibt nicht bei uns allen was zurück?«

»Kann sein. Aber bleiben wir mal beim Thema. Dem Feuerlöscher.«

»Mir bleibt wohl nichts anderes übrig ...« Hantsch ließ die Arme über die Lehnen hinunterbaumeln und streckte seine langen Haxen aus.

»Ich bleibe, bis du eine Antwort für mich übrig hast«, sagte Anna schmunzelnd.

Frau Schütt kam und brachte eine Flasche Cola. Ihr Blick streifte über den schlapp in den Seilen hängenden Hantsch, zu Anna und wieder zurück. »Kann ich sonst noch etwas ...?«

»Ja, gerne«, sagte Hantsch. »Nicht stören wäre sehr willkommen.«

»Wie Sie wünschen.« Frau Schütt hob das Kinn und stolzierte davon.

»Jetzt bleiben nur wir übrig«, murmelte Hantsch.

»Übrigens bleibt auch noch meine Frage offen«, sagte Anna. Sie kicherte. »Gibt es hier einen Öffner?«

Hantsch hob kurz und kraftlos die Hände. »Das weiß ich nicht, denn ich nehme keine Limonade zu mir.«

Anna ergriff die Flasche und sah sich wieder um. Sie setzte den unteren Rand des Kronkorkens auf die Kante des Couchtischs und schlug mit der flachen Hand auf den Verschluss. Es knirschte und zischte schmerzhaft in Hantschs Ohren. Ehe er Protest anmelden konnte, wiederholte Anna den Vorgang an einer anderen Stelle des Tischs. Der Kronkorken flog davon und hinterließ eine zweite ausgefranste Bucht im Holz.

Das Kaugummi aus Annas Mund fand einen Platz an der

Plattenkante. Sie setzte die Flasche an und stürzte die Flüssigkeit gluckernd in sich hinein.

Hantsch beobachtete ihren zuckenden Hals. So etwas hatte er bei einer Frau noch nie gesehen.

Anna setzte die Cola ab, öffnete den Mund und rülpste. Hantsch fragte sich, wie der Metallknopf auf ihrer Zunge haften mochte. Überhaupt, Anna sah aus, als sei sie mit dem Gesicht in eine Kiste voller Metallknöpfe und Ringe gefallen, von denen sich etliche in ihr verhakt hatten.

»Kannst du vielleicht meine Frage beantworten, anstatt mich nur anzuglotzen?«

»Welche Frage?«

»Du solltest es mal mit Knoblauchpillen probieren, die helfen gegen Vergesslichkeit«, meinte Anna. »Es geht immer noch um den Feuerlöscher. Das Pulver war in Päckchen abgepackt. Warum?«

»Das war schon so. Ich meine, das weiß ich auch nicht so richtig, weil …«

»Du bist entweder voll daneben oder du willst mich verscheißern. Das glaube ich eher. Pass mal auf: Du wolltest die Polizei oder sonst wen in die Irre führen. Irgendwo hast du Stoff gebunkert, legst falsche Spuren und kasperst rum, bis du aus dem Schneider bist. Stimmt doch?« Sie starrte ihn eindringlich an.

Hantsch wurde zittrig. Er wusste nicht, was er ihr entgegensetzen sollte. Langsam verwirrte ihn die ganze Angelegenheit so sehr, dass er das Gefühl hegte, er müsse sich Notizen machen, um nicht vollends den Durchblick zu verlieren.

»Wenn du meinst?«, sagte er abwesend, weil er sich nach Schreibzeug umsah.

»Ja, das meine ich. Und ich glaube, du kommst alleine nicht zurecht. Deswegen werde ich dein Kompagnon. Die beiden, die bei dir zu Hause abhängen, servierst du ab. Die sehen nicht so helle aus, als ob die was bewegen könnten.«

Hantsch seufzte tief. »Das sind die neuen Naturheiler.«

Anna verschluckte sich an der Cola. »Naturheiler?«, rief sie. »Das ist so schräg, damit könntest du womöglich sogar durchkommen.« Sie lachte und hustete abwechselnd.

»Die verfügen aber über das richtige Kokain«, sagte Hantsch, einer jähen Eingebung folgend. »Wenn Sie in das Geschäft eintreten möchten, müssten wir die Ware in unseren Besitz bringen.«

»Echt jetzt?« Anna zog die Augenbrauen weit hoch.

»Ja. Die Schwierigkeit besteht darin, dass die beiden mir nicht trauen. Sie werden mich auf keinen Fall in die Nähe des Rauschgiftes lassen. Wenn wir den Schnee in unseren Besitz bringen wollen, müssen Sie das übernehmen.«

»Und das ist kein Scheiß?« Sie starrte ihn eindringlich an.

Hantsch klammerte sich an der Sessellehne fest. Bei seiner Mutter war er mit solchen Manövern nie erfolgreich gewesen. Alle Versuche, Süßigkeiten in sein Zimmer zu schmuggeln, hatten stets in einem Fiasko geendet. Die Nerven eben. »Ich versichere Ihnen, dass es sich so verhält. Zur Tarnung steckt das Rauschgift ebenfalls in einem Feuerlöscher, wie Sie sich sicher denken können.«

Anna betrachtete grübelnd die leere Colaflasche. »Und wo ist der Feuerlöscher?«

»In der Naturheilpraxis.«

»Wie soll ich da rankommen?« Das Kaugummi verließ die Tischkante und wanderte zurück in Annas Mundhöhle.

Hantsch legte den Kopf in den Nacken und betrachtete die Zimmerdecke. Es sollte nach intensivem Überlegen aussehen. »Vielleicht könnten Sie sich zu einer Behandlung anmelden und den Behälter gegen einen anderen austauschen. In einer Sporttasche mit Handtüchern und solchen Dingen würde er sicher leicht Platz finden.«

Schmatz, schmatz. »Wäre möglich.« Schmatz.

Allmählich verstand Hantsch, warum seine Mutter kategorisch gegen Kaugummis gewesen war. »Einen Austauschlöscher könnte ich bereitstellen«, sagte er.

Schmatz. »Sicher.« Schmatz.

»Und wie stellen Sie sich das weitere Prozedere vor?«

Schmatz, schmatz. Flopp. Das Kaugummi klebte ausgespien auf dem Teppich. »Wir ziehen los und verkaufen den Krempel.« Anna hielt inne, taxierte Hantsch und verzog den Mund. »Du siehst so voll scheiße aus, dass es schon fast wieder cool ist. Vielleicht verkaufe ich doch besser alleine.«

Hantsch brachte sich in eine aufrechte Position. »Ich glaube, ich möchte dabei lieber zugegen sein. Es ist nicht so, dass ich Ihnen nicht traue, Frau Lilie, aber mir deucht es angeraten zu sein, dass ein Herr anwesend ist.«

Anna brüllte los vor Lachen. Sie schlug sich auf die Schenkel und schnappte nach Luft. »Ein Herr, dem was deucht?«, schnaufte sie, nachdem sie wieder zu Atem gekommen war. »Wer sollte das wohl sein?« Erneut wurde sie von einem Lachanfall geschüttelt.

»Was ist daran so lustig?«, wollte Hantsch wissen. Es war klar, dass sie ihn auf die Schippe nahm, er wusste bloß nicht so recht, wie er darauf reagieren sollte.

Anna wischte sich Tränen aus den Augen. »Du siehst aus wie ein braver Grundschüler, der in Papas Sonntagsanzug gesteckt wurde. Unter einem Herrn stelle ich mir was anderes vor.«

»Und was bitte?« Ob sein angestrebter böser Blick zustandekam, wusste Hantsch nicht. Anna schien nichts davon zu bemerken.

»Coolere Klamotten. Und diese Frisur … Also echt!«

»Wie würde das dann aussehen?«

Anna legte den Kopf schief und tupfte sich mit einem Zeigefinger auf den Mund, direkt neben dem Spieß in der Unterlippe. »Mal testen«, sagte sie, erhob sich und kam zu Hantsch herüber.

Obwohl der alles probierte, um im Sessel zu versinken, griff sie ihm in die Haare. »Jemineh, was ein beknackter Schnitt«, murmelte sie dabei und trat einen Schritt zurück. »Sinnlos, besser, du frisierst es wieder so, wie es war. Lass den Rest auch, irgendwie passt das zu dir.«

Hantsch quälte sich hoch, stakste mit zittrigen Knien zum Schrank, dessen Türinnenseite als Garderobenfach mit einem Spiegel ausgerüstet war. Er sah aus, als käme er gerade aus dem Bett. Die langen Haare hingen auf der Scheitelseite wirr bis zum Ohrläppchen hinab. Mit dem Kamm, den er in der Innentasche des Jacketts bereithielt, glättete er seine Traditionsfrisur sorgfältig.

»So ein kleiner Kontrapunkt fehlt aber doch«, meinte Anna. Sie kramte in ihrem Rucksack, kam zu Hantsch und hieß ihn stillhalten.

Bevor ihm klar war, was kommen würde, zog sie ihm schnell und routiniert einen Lippenstift über den Mund. Es fühlte sich an wie das Spucketaschentuch seiner Mutter, wenn sie unterwegs seinen verkleckerten Mund reinigen wollte. Hantsch konnte erst zurückzucken, als sie schon fertig war.

Der Blick in den Spiegel offenbarte ihm Erschreckendes. Einen Knutschmund im XXL-Format.

»Das … geht nicht«, stammelte Hantsch. »Ich bin Amtsleiter …«

Anna klatschte in die Hände. »Ach, na und, du Amtsleiter? Bedeutet das, dass du nur so interessant wie ein Aktenordner daherkommen darfst? Also ich finde dich so viel abgefahrener.«

»Nein, nein«, maunzte Hantsch. Sein Spiegelbild entfaltete eine merkwürdige Sogwirkung auf ihn, die ihn zwang, sich zu betrachten. Frontal, im Profil, mit verschiedenen Mundbewegungen und Grimassen. Hantsch erschauerte. Das war ja wohl nicht normal. Er bemühte sich, die Lippen mit dem Handrücken zu entfärben.

Anna schlug ihm lachend auf die Schulter, wozu sie sich sehr recken musste. »Keine Sorge, mit der Zeit geht das ab. Besorg mir einen Feuerlöscher, dann hole ich den Stoff. Tschüss.«

Beim Hinausgehen warf sie Hantsch noch einen Blick zu, den er irgendwie kokett fand. Ein leichtes Grinsen mit spitzem Mund samt einem kurzen Zwinkern.

Er seufzte tief. Die Sache wurde immer komplizierter. Ob Annas Bruder auch noch ins Boot steigen würde?

Hantsch fragte sich, ob der erwartete Gewinn die ganze Mühe wert war. Doch wenn er jetzt ausstiege, hätte er außer Scherereien nichts gehabt. Dabei drohten Jensen und Sonja immer noch, ihm den toten Chef um die Ohren zu hauen. Trotz ihres beharrlichen Leugnens war er sicher, dass sie die Leiche als Druckmittel aufbewahrten. Er musste einen Weg finden, die beiden zu neutralisieren.

Hantsch rief Heimeier an. »Wir brauchen Feuerlöscher für die neue Naturheilpraxis. Das ist anscheinend vergessen worden. Bitte bestellen Sie sofort einige Sechs-Kilo-Pulverlöscher. Den Anforderungsschein lasse ich Ihnen heute noch mit der Hauspost zukommen.«

»Sechs-Kilo-Löscher, aha. Wie viel sind denn bei Ihnen ›einige‹?«

Hantsch fuhr sich durch die Haare. Ständig standen Entscheidungen an, denen er sich nicht gewachsen fühlte. »Ähm, ja, bestellen Sie einfach zehn Stück, dann haben wir gleich einen Vorrat.«

»Zehn Stück«, brummte Heimeier.

Hantsch hörte ihn auf der Tastatur klappern.

»ABC? Mit Halterung?«

»Ja, ja, mit allem.« Hantsch kritzelte *zehn mit allem* auf seine Schreibunterlage.

Kaum war das Gespräch beendet, klopfte Frau Schütt und kam sofort herein. »Ist sie weg?«

»Ja«, erwiderte Hantsch. Mit tief gebeugtem Kopf wühlte er in der Schreibtischschublade mit den Formblättern. »Was gibt's denn?«

»Kannten Sie die?«, fragte die Kollegin. Für Hantsch klang es lauernd.

»Ja. Sie ist die Enkelin meiner Nachbarin und wollte einen … Praktikumsplatz.« Hantsch ärgerte sich, weil er das gesuchte Formblatt nicht fand.

»Hier in der Verwaltung?«

»Ja. Haben Sie sonst noch etwas auf dem Herzen?«

»Herr Fröhlich hat sich vorhin gemeldet. Er kommt morgen zurück in den Dienst.« Jetzt klang sie schnippisch.

Hantsch fuhr erschrocken hoch. »Schon morgen?« Der Stellvertreter des Chefs! Das fehlte gerade noch.

Frau Schütt zeigte auf seinen Mund und stieß einen Schrei aus. »Sie bluten ja! Was ist passiert?«

*

Hantsch faltete die leeren Mehltüten sorgfältig zusammen und stapelte sie zum Altpapier. Alles war weiß bestaubt. Nicht nur der Küchentisch und der Boden rundherum, sondern auch Hantschs komplette Vorderseite.

Das Mehl reizte ihn zum Niesen. Er holte den Staubsauger aus dem Besenschrank und machte sich an die Arbeit. Dabei dachte er an Fröhlich, den stellvertretenden Chef. Wenn der morgen in den Dienst käme, müsste er das Chefbüro räumen. Alle seine Erfolge würde sich Fröhlich ans eigene Revers heften und Hantsch wäre wieder der Depp vom Dienst. Diese Gedanken wurde er nicht los, bis er auf der Wohnzimmercouch einschlief.

Erst im Nachtdunkel erhob sich Hantsch wieder und trippelte in sein Zimmer, wo er an seinem alten Schreibtisch herumkramte. Der Mond schien hell genug, dass er in einem Papierstapel das richtige Blatt fand. Aus einer Schublade holte er ein Maßband, ein Rolle Klebeband und eine Handvoll Dartpfeile. Er steckte alles ein und verließ das Haus.

Draußen herrschte die typische Nachtstille eines kleinen Ortes, in dem keine Kneipe oder Disco länger als ein Uhr geöffnet hatte. Und selbst wenn dem nicht so wäre, lebte in dieser Straße kaum jemand, für den längere Öffnungszeiten eine Bedeutung gehabt hätten. Außer vielleicht für die Enkel von Frau Seidler. In Hantschs Zustand zwischen Wachen und Schlaf spielte das jedoch keine Rolle.

Er hatte es nicht weit. Nach wenigen Minuten stand er vor dem Wegweiser an dem Abzweig der Wanderstrecke. Mithilfe des Klebebands heftete Hantsch das mitgebrachte Blatt ziemlich genau auf die Mitte der Wegekarte. Dann rollte er das Maßband ab. Zwei Meter dreiundsiebzig vom Schild entfernt ritzte er mit einem Kiesel den Asphalt. Es war die Stelle, die ohnehin schon einen blassen Strich aufwies.

An dieser Linie nahm er Aufstellung. Er spitzte den Mund, reckte das Kinn vor und zog die Brauen zusammen. So visierte er das Blatt an und warf. Der erste Pfeil verfehlte das Ziel. Der zweite allerdings traf das ausgedruckte Porträt, das mit *W. Fröhlich* unterschrieben war, an der Nasenwurzel.

Die nächsten Würfe streuten wieder, aber fast alle trafen mit zunehmender Wucht das Blatt. Hantsch schleuderte dreimal seine sechs Pfeile, bevor er sie final herauszog. Teilweise steckte die komplette Spitze im Ziel. Das stark zerfetzte Papier löste er ab und zerknüllte es. Als Letztes verwischte er die Kratzspur auf der Straße und schlich nach Hause zurück.

*

Scheiße, war die Tasche schwer. Sechs Kilo hatte Anna sich leichter vorgestellt. Sie setzte ihre Fracht auf dem gemauerten Rand des Bassins vor dem Kurhaus ab und nahm daneben Platz. Schultern und Arme schmerzten so, dass sie hoffte, die Naturheiler wären doch mehr als Scharlatane.

Dummerweise hatte Hantsch nicht sagen können, wo in der Praxis der besagte Feuerlöscher zu finden war. Überhaupt hatte dieser Heini einen gestressten und verwirrten Eindruck gemacht, als er ihr den Austauschlöscher gestern

Abend über den Zaun gereicht hatte. Es war gegen Mitternacht gewesen und Oma hatte schon friedlich geschlummert. Malte war mit einem Kumpel unterwegs gewesen, der Moment günstig. Hantschs Vorderseite hatte weiß im fahlen Mondschein geschimmert. Mehl habe er hineingefüllt, hatte er gestottert. Als Tarnung, für alle Fälle.

Warum er auf Mehl umgestiegen sei, hatte Anna gefragt. Das Löschpulver sei schon ein guter Ersatz gewesen.

Darauf hatte Hantsch noch mehr gestottert, aber dann doch herausgebracht, dass Mehl echter aussehe.

Anna hatte noch wissen wollen, wie sie den Löscher mit dem Koks erkennen konnte.

Sie solle den Behälter schütteln, hatte Hantsch erklärt. Die Päckchenfüllung könne sie spüren und hören.

Mit diesen Auskünften hatte sich Anna zufriedengegeben. Nicht zuletzt deshalb, weil ihr Hantschs Gestotter und Gedruckse auf die Nerven gegangen war.

Sie fühlte sich schon ein wenig schlecht, weil sie Malte einfach übergangen hatte. Aber der schien sich nicht mehr für den Schnee zu interessieren. Oder er hatte sich damit abgefunden, dass sich der Mann mit dem Kopfverband den angeblichen Stoff unter den Nagel gerissen hatte.

Ihr Bruder war oft ziemlich verpeilt. Dass dieses Pulver in Nase und Rachen ätzte und fürchterlich aufschäumte, hatte ihn nicht stutzig gemacht.

Anna hatte sich zusammengereimt, dass Hantsch die übliche Pulverfüllung einfach in Plastikbeutel umgefüllt hatte. Das, was Malte als Rausch empfunden hatte, war wahrscheinlich bloß Benommenheit gewesen, ausgelöst von zu viel Kohlensäure in den Atemwegen.

Löschpulver war modifiziertes Backpulver, hatte Anna recherchiert. So viel Raffinesse hätte sie diesem steifen und unbeholfenen Lulatsch gar nicht zugetraut. Voll überraschend. Sie würde auf der Hut sein müssen, was die weiteren Geschäfte anging.

Anna schob sich von der Mauer, nahm ächzend die Tasche auf und die letzten Meter in Angriff.

Im Foyer traf sie ein paar rotköpfige Frauen und Männer, die gut gelaunt herumalberten und nicht ganz sicher auf den Beinen waren. Vormittags schon angesoffen im Kurhaus? Das war ja mal was ganz Neues. Normalerweise dauerte es bis zum Tanztee.

Sie ging die Treppe hinauf. Mit jedem Schritt stieg ihr eine seltsame Geruchmischung deutlicher in die Nase. Von einer gerade eröffneten Praxis erwartete sie den Duft frischer Farbe und neuer Bodenbeläge. Was sie wahrnahm, entsprach eher einer Gastwirtschaft am Morgen.

Anna stieß die Tür zur Praxis auf. Es bot sich das gleiche Bild wie eine Etage tiefer. Auch hier lungerten Rotköpfige in ihren nachlässig zugeknoteten Bademänteln herum, scherzten und lachten. Der Geruch nach schalem Bier hing schwer in der Luft.

Hinter dem Tresen wartete eine unförmige Person mit blond gesträhntem Strubbelkopf. Sie trug eine weiße Latzhose und stützte sich lässig auf die Thekenplatte.

Anna schob sich in das Blickfeld der Frau und setzte die Tasche vorsichtig ab. Niemand sollte bemerken, wie schwer sie wog.

»Was darf's denn sein?«, fragte die Blondgesträhnte. Das Namensschild auf der Brusttasche ihrer Hose verkündete, dass sie *P. Lachnitt* hieße.

»Ich möchte mein Wohlbefinden steigern. Was haben Sie denn im Angebot? Können Sie etwas empfehlen?«

Die Frau nickte. »Wir haben Ouzo, Sambuca, Calvados und Grappa. Oder, wenn es lieber süß sein soll, einen Ramazotti. «

»Aber …« Anna suchte im Gesicht ihres Gegenübers nach Anzeichen eines Scherzes.

»Der Begrüßungsdrink geht aufs Haus.«

»Ja, gut.« Anna versuchte, die Überraschung zu verarbeiten. »Das ist schon … ziemlich schräg. Und wie ist das mit Anwendungen? Gibt's die auch?«

»Natürlich. Wir sind eine Naturheilpraxis. Wir haben Trinkkuren, Rollkuren, Wassertreten und Inhalieren im Angebot. Außerdem Massagen. Die Fischkur können wir noch nicht anbieten, leider sind die Tiere tot geliefert worden. Heilschlammpackungen gibt's frühestens nächste Woche und Heilstollen nur in der Weihnachtszeit.« Frau Lachnitt sah Anna erwartungsvoll an.

Die überlegte, bei welcher Anwendung sie eine Weile alleine sein würde. »Inhalieren und später eine Massage. Geht das?«

»Natürlich. Und der Begrüßungsdrink? Den sollten Sie nehmen. Das entspannt und die Behandlung schlägt besser an.«

»Dann nehme ich einen Calvados.«

Frau Lachnitt holte zwei Schnapsgläser und eine Flasche aus dem Schrank unter dem Tresen, goss ein und schob eins der Gläser über die Platte. Das andere nahm sie selbst und prostete Anna zu. »Salud.«

Da die ein eher wohlwollendes Verhältnis zu Drogen pflegte, kippte sie den Schnaps. Lachnitt tat dasselbe. Anna fragte sich, ob die Frau bei jedem Begrüßungsdrink mithielt. Sie fragte sich auch, wie lange sich diese sogenannte Naturheilpraxis halten würde. Vom Publikum angenommen wurde sie offenbar.

»Dann folgen Sie mir bitte.« Lachnitt kam hinter dem Tresen hervor und watschelte voraus.

Sie durchquerten einen Gang, da hörte Anna Stimmen.

Jemand sagte: »Einen Schluck nehmen und nach links drehen.«

Anna durchlief ein Schauer, als sie die Nische mit dem Feuerlöscher erblickte. Der rote Behälter hing unter einer transparenten Haube an der Wand. Sein Anblick hielt Anna gefangen, deswegen prallte sie mit der Naturheilerin zusammen, die stehen geblieben war.

»Hoppla.« Lachnitt wies auf eine offene Tür. »Hier hinein, bitte.« Anna wechselte die Tasche vom rechten Arm zum linken. Lachnitt beobachtete das kopfschüttelnd. »So viel schweres Zeug hätten Sie nicht mitbringen müssen. Wir haben doch alles da. Beim nächsten Mal wissen Sie Bescheid.«

*

Hantsch hielt dem Amtmann und stellvertretenden Verwaltungschef Fröhlich die Tür auf. Der nahm diese Höflichkeit gnädig mit einem sparsamen Nicken entgegen.

»Ich gebe Ihnen heute mal nicht die Hand«, schnaufte er und hielt seine Krücken fest umklammert.

Hantsch legte den Kopf schief und bemühte sich um eine mitfühlende Miene. In dieser Übung hatte er es in den letzten Jahren des Zusammenlebens mit seiner Mutter zu einer besonderen Kunstfertigkeit gebracht. Dass sein Gesichtsausdruck nicht auf tatsächlich vorhandenen Emotionen beruhte, blieb Hantschs Gegenüber zuverlässig verborgen. Etwas anderes war bisher jedenfalls nie ruchbar geworden.

»Schön, dass Sie wieder bei uns sind und die Verantwortung übernehmen«, knödelte Hantsch. »Ich bin froh, wenn ich wieder an meinem angestammten Arbeitsplatz tätig werden kann. Fahren wir hinauf ins Chefbüro? Den Aufzug habe ich für uns blockiert.«

»Gut, gut«, brummte Fröhlich. »Ehrlich gesagt, wenn Gieseking da wäre, hätte ich mich noch krankschreiben lassen. Aber so? Die Pflicht ruft und ich kann euch nicht hängen lassen. Wenn ich nicht allzu viel herumlaufen muss, kann ich die Verantwortung tragen. Übrigens, gibt's was Neues über den Verbleib des Chefs?«

Hantsch verneinte bedauernd.

Auf dem Weg nach oben bedankte er sich mehrfach für den aufopferungsvollen Diensteifer des Amtmanns, verteilte Komplimente, wie gut gebräunt und erholt Fröhlich aussähe, und erkundigte sich schließlich danach, welchem bedauerlichen Zwischenfall diese Beinmanschette geschuldet sei.

Fröhlich erzählte von einem Seeigel, der ihm tückisch den Weg verstellt habe, und dass er beim Rendezvous von Fußsohle und Stacheln ins Straucheln gekommen sei, was auf dem unebenen Untergrund fatale Wirkung entfaltet habe. Die Leute vor Ort seien zwar sehr gastfreundlich gewesen, aber die ärztliche Versorgung, na ja. Zum Glück habe es einen deutschen Krankenpfleger unter den Urlaubern gegeben, der habe dem einheimischen Arzt gezeigt, wie die Verletzung ordentlich versorgt werden müsse. Auch die Hygiene habe zu Wünschen übrig gelassen. Und das Essen, da müsse man aufpassen. Aber sonst, ein einziges Paradies. Mit deutschsprachiger Reiseleitung, immerhin. »Ein Glück, dass es nicht gleich in den ersten Urlaubstagen passiert ist«, so garnierte er seine Schilderung mehrfach.

Über das Gerede waren sie vor dem Chefbüro angekommen.

Hantsch öffnete für Fröhlich die Tür.

»Sagen Sie, Torsten, Sie tragen ja schon das gleiche Jackett wie der Chef«, knurrte der Amtmann in seinem Rücken.

Hantsch sah an sich herunter. Es stimmte, irgendwie glich das Jackett dem des Chefs. Es war nur etwas zu kurz, was sich besonders an den Ärmeln bemerkbar machte. Er wusste nicht, seit wann er es besaß.

Da bemerkte Fröhlich: »Meine Güte, Sie haben da ein Brandloch drin.«

»Ach, das … das war …«, stotterte Hantsch. Er zitterte und wusste nicht, ob es schicklich war, das Kleidungsstück in Gesellschaft abzulegen.

Fröhlich steuerte einen Sessel an, in den er schwer hineinplumpste, Hantsch setzte sich sehr behutsam auf den Chefstuhl am Schreibtisch.

»Eigentlich ist das Ihr Platz«, meinte Hantsch, der sich wieder gefangen hatte. »Wir sollten die Plätze tauschen, bevor ich Sie über die aktuellen Vorgänge in Kenntnis setze.«

»Ich habe gehört, dass die Praxis im Kurhaus eröffnet hat«, sagte Fröhlich. »Das überrascht mich. Damit war so schnell nicht zu rechnen.«

Hantsch konnte sich das Prahlen nicht verkneifen. »Ich habe die Firma Schneller davon überzeugt, einen Zahn zuzulegen. Die Eröffnungsfeier lasse ich auch gerade planen. Das Kurzentrum soll in Zukunft Üblich-Haus heißen.«

Fröhlich kniff die Augen zusammen. »Das haben Sie einfach so beschlossen? Als Interimsleitung? Darüber wird noch zu reden sein.«

»Ich habe das Schild schon bestellt«, murmelte Hantsch.

»Ach, die Bestellung können wir sicher stornieren, wenn …« Fröhlich machte eine unbestimmte Handbewegung. »Bestimmt wird noch einiges mehr zu regeln sein. Von der neu eröffneten Praxis habe ich komische Sachen gehört. Zum Beispiel, dass Anwendungen ohne Abrechnungen gemacht werden. Über die Anwendungen selbst ist mir auch etwas zu Ohren gekommen …«

»Wir sollten jetzt wirklich die Plätze tauschen«, sagte Hantsch, der sich nun nicht scheute, den stellvertretenden Chef zu unterbrechen.

Er klammerte sich an der Schreibtischplatte fest und bewegte sein Gewicht vorsichtig von der Sitzfläche. Als er stand, drehte er den Stuhl so, dass Fröhlich keine Mühe haben würde, sich dort niederzulassen.

Der Amtmann war recht unwillig, ließ sich jedoch von Hantsch aus dem Sessel helfen und krückstockte zum Schreibtisch. Er drehte seinen Verwaltungshintern zur Sitzfläche des Stuhls, lehnte die Gehhilfen in Griffweite an und ließ sich fallen.

Es knackte laut, dann kippte der stellvertretende Chef mit dem gesamten oberen Teil des Stuhls nach hinten. Wie ein Käfer ruderte er mit den Armen in der Luft. Das Drehgestell mit den Rollen schoss unter ihm hervor, der Rest ergab sich der Schwerkraft.

Fröhlich schrie auf und Hantsch versuchte, ihn zu übertönen: »O Gott, ist Ihnen was geschehen?«

*

Wenn Anna gewusst hätte, dass sie die Dünste von heißem, abgeflämmtem Sambuca inhalieren musste, hätte sie sich für etwas anderes entschieden. So aber hing sie über der Inhaliertülle und neben ihr brodelte der Schnaps auf einem Rechaud. Die Dicke in der Latzhose war nach ein paar Minuten gegangen. Trotzdem traute Anna sich nicht, unter dem Tuch hervorzukommen und nach dem Löscher zu schauen.

Sie spürte, wie ihr langsam schwindliger wurde. Also zog Anna sich das Badetuch vom Kopf und drehte sich Richtung Frischluft. Alter Verwalter, dachte sie und musste kichern. Die waren hier drauf aus, ihre Patienten so besoffen zu machen, dass die alle ihre Wehwehchen vergaßen.

Schwankend stand Anna auf und stakste in den Gang zum Feuerlöscher. Niemand war zu sehen. Die transparente Haube ließ sich leicht abheben. Da näherte sich ein quietschendes Geräusch. Anna erstarrte.

Eine Sackkarre, hoch beladen mit Säcken voller Blumenerde, kam um die Ecke auf sie zugerollt, geschoben von einem Typ in grüner Arbeitskleidung. Sie drückte sich in die Nische und die Last wurde an ihr vorbeigeschoben. Der Mann nahm keine Notiz von ihr. Er bugsierte die Karre um eine weitere Ecke und war verschwunden.

Das Abhängen des roten Stahlbehälters war kein Problem. Dann bemerkte Anna allerdings, dass sie vergessen hatte, das Ersatzgerät mitzubringen. Sie stöhnte auf und schleppte sich mit ihrer Beute zurück in das Behandlungszimmer.

Sie hörte die untersetzte Blonde rufen, dass die Erde gekommen sei und nun die Schlammpackungen angesetzt werden könnten. Eine andere Stimme antwortete, dass es dringend nötig sei, sich um die toten Fische zu kümmern. Beziehungsweise läge der Heilbutt auf Eis und wäre vielleicht nicht richtig tot und daher wiederbelebbar.

Das kann ja wohl nicht sein, dachte Anna. Sie schüttelte den Kopf, um ihre Benommenheit zu vertreiben. Zweifelhaft, ob ihre Wahrnehmungen der Realität entsprachen.

Aus der Sporttasche holte sie den Austauschlöscher und legte den aus der Praxis hinein. Gerade als sie den Reißverschluss wieder geschlossen und den Behälter aufgenommen hatte, um ihn in den Flur zu tragen, tauchte Lachnitt auf.

»Was machen Sie da?«, wollte die angebliche Naturheilerin wissen.

»Ich ... äh, ich dachte ... der Schnaps fängt an zu brennen ...« Anna fand den Blick, der sie traf, irgendwie heikel.

»Geben Sie her«, sagte Lachnitt schroff.

Nachdem Anna den Löscher ausgehändigt hatte, schüttelte die Frau in der Latzhose ihn. Tschack-tschack-tschack, klang es. Lachnitt machte große Augen und schüttelte ihn erneut. Ein wissendes Lächeln umspielte ihren Mund.

Anna rutschte das Herz in die Hose. Sie hatte einen Heidenrespekt vor dieser untersetzten und breit gebauten Person. Von ihr ertappt zu werden, war so ungefähr das Letzte, was sie sich wünschte.

Zu Annas Überraschung sagte Lachnitt lediglich: »Bin gleich zurück.« Sie verschwand mit dem Stahlbehälter.

Mit weichen Knien setzte Anna sich und versuchte, ruhig zu atmen. Sie musste gegen den Drang ankämpfen, aus der Praxis zu rennen. Das würde sicher Verdacht erwecken. Besser war es, die Massage mitzunehmen und sich anschließend ganz ruhig zu verabschieden.

*

Hart touchierte der Vorderreifen des Mantas den Bordstein und Hantsch würgte vor Schreck den Motor ab.

Anna, die einen Satz zurück gemacht hatte, näherte sich

und öffnete die Fahrertür. »Hast du überhaupt einen Führerschein?«, wollte sie wissen.

»Ja, schon«, sagte Hantsch. Er ruckelte am Schaltknüppel herum, auf der Suche nach dem Leerlauf. »Ich habe nur lange nicht mehr …«

Anna zögerte. »Coole Kiste. Aber glaubst du, dass wir es nach Hannover schaffen, ohne dass uns die Polizei anhält oder du einen Unfall baust?«

»Der Zug wäre sicherer«, erwiderte Hantsch, dem die Aussicht auf die Reise Angstschweiß aus den Poren trieb.

Anna verdrehte die Augen. »Da hätten wir früher losgemusst. Der Bus nach Knittelte ist schon weg.«

»Wir könnten ja hinlaufen. Hier haben wir viele tolle Wanderwege und das Wetter ist immer noch prächtig«, meinte Hantsch bemüht aufgekratzt.

Das quittierte Anna mit Kopfschütteln. »Spinn nicht rum. Rutsch rüber.«

Hantsch machte bereitwillig Platz. Er war sich darüber im Klaren, dass kaum jemand so schlecht fahren würde wie er.

Anna warf die Sporttasche auf die Rückbank und klemmte sich hinters Steuer.

»Steckt der Feuerlöscher dadrinnen?«, fragte Hantsch.

»Ja, klar.«

»Aber ist das nicht gefährlich?«

»Keine Angst, der wird bestimmt nicht explodieren.« Anna gurtete sich an und griff nach dem Zündschlüssel.

»Wieso explodieren?«, fragte Hantsch auffahrend, eine Hand schon am Türöffner.

»Mann, reg dich ab. Was soll an einem Feuerlöscher gefährlich sein? Niemand weiß, was dadrin ist.«

»Ich schon«, murmelte Hantsch.

»Ich auch«, sagte Anna, »aber es macht keinen Unterschied, wo der Löscher rumliegt. Gefährlicher ist es höchstens, wenn ich den zu Hause behalte. Malte schnüffelt überall nach Kippen und Schokolade.«

Anna prügelte einen Gang rein und schoss los.

Hantsch biss sich auf die Unterlippe und versuchte, sich mit Überlegungen abzulenken. Zum Beispiel: Warum fuhr er überhaupt mit? Der Löscher enthielt nichts, was nicht auch im Supermarkt für ein paar Euro zu kaufen wäre.

Zwei Gründe konnte er entdecken.

Zum einen sollte er das Marktgeschehen im Rauschgifthandel selbst in Augenschein nehmen und dabei herausfinden, wie viel Geld für dieses Zeug, das Koks oder Schnee genannt wurde, zu bekommen war. Er traute Sprinkler nicht. Oder anders gesagt, er traute Sprinkler zu, mehr Geld herauszuschlagen, als er bereit war, Hantsch gegenüber zuzugeben.

Der andere Grund saß neben ihm. Nicht dass Hantsch dachte, er könne sich an diesen jungen Hüpfer heranmachen. Aber von ihrer Coolness wollte er sich etwas abschauen. Anna wirkte so lässig und selbstbewusst und die Quelle dafür wollte Hantsch gerne erkunden.

»Voll abgefahren, die Kiste«, murmelte Anna. Sie umrundeten den Schlurfberg und als sie fast aus dem Ort heraus waren, kitzelte Anna das Gaspedal. »Die geht ja super ab. Die muss doch schon saualt sein?«

»Manta A, Baujahr 1973, so alt wie ich. Eins Komma sechs Liter mit achtzig PS. Sportschaltung und original Sportfelgen«, sagte Hantsch, die Brust herausgedrückt. Er lockerte zudem seine Umklammerung des Haltegriffs an der Tür etwas.

»War der schon immer so kackbraun?«

»Das ist die Originalfarbe Brasilienbraun, Farbnummer vierhundertvierunddreißig. Könnten Sie eventuell ein wenig langsamer fahren?«

»Hast du Angst?«, frage Anna mit einem langen Seitenblick.

»Ähm, nein, es ist nur wegen des Wagens. Könnten Sie bitte wieder nach vorne …«

Anna lachte laut auf. »Du hast Angst.«

»Nein, wirklich nicht, Sie müssen bloß nicht fahren wie eine Hexe auf dem Besen …«

»Klar hast du Angst!«

»Ich möchte dieses Thema nicht weiter vertiefen«, erwiderte Hantsch mit aller Überzeugungskraft, die er aufbringen konnte.

»Hey, du wirst ja richtig dominant«, rief Anna unter Gelächter. »Jedenfalls für so einen mukschen Hempempel wie dich.«

Hantsch biss sich noch fester auf die Unterlippe.

Sie erreichten die Harzhochstraße, in die Anna mit Tempo einbog. Ignoriere es, dachte sich Hantsch. Die Art, wie sie in die nächste Kurve lenkte, unterstützte ihn bei der Verlagerung seiner Gefühle. Er schloss die Augen und wartete auf den ungeplanten Besuch im Wald zu Füßen des Üblichsteins.

Der blieb zum Glück aus. Hantschs Anspannung hielt jedoch an, bis sie die gut ausgebaute Bundesstraße 243 erreichten. Da verwandelte sie sich in nackte Panik.

*

»O Gott, diese Person darf mich nicht entdecken«, stieß Hantsch hervor, legte eine Hand auf den Bauch, als habe er Magengrimmen, knickte ein und drehte sich weg.

»Wer?«, wollte Anna wissen.

In seiner verkrümmten Haltung versuchte Hantsch, sich hinter Anna und ihrer Sporttasche zu verbergen. »Die da«, schnaufte er, kaum hörbar bei dem Straßenlärm.

»Hier sind ’ne Masse Leute. Ich weiß nicht, wen du meinst.«

»Da! Dahinten geht sie …«

»Dahinten gehen zwei vom Ordnungsamt. Meinst du die?«

»Nein, nein, die andere da!« Hantsch deutete vage.

»Kannst du nicht mal richtig Auskunft geben? Dein lächerliches Rumgehample macht nur alle Leute auf uns aufmerksam.«

Hantsch richtete sich ein wenig auf und spähte. »Uff, sie ist verschwunden.« Er entfaltete sich wieder zu voller Größe.

»Was war denn nun?«, fragte Anna unwirsch.

»Ach, unwichtig.« Hantsch zupfte seine Freizeitjacke zurecht. »Lassen Sie uns die Lokalität aufsuchen.«

»Für unwichtig hast du ein fettes Affentheater veranstaltet. War das vielleicht 'ne Ex von dir?«

»›Ex‹? Was meinen Sie damit?«

»O Mann, vergiss es«, meinte Anna bloß. Sie drehte sich um und setzte sich Richtung *Restaurant Kröpke* in Bewegung.

Hantsch beeilte sich hinterherzukommen.

Sie passierten die ob des sonnigen Wetters gut besetzten Außentische und betraten den Gastraum.

»Wer ist das nun, den wir suchen?«, fragte Hantsch.

»Sie würde uns erkennen, hat der Kontaktmensch gesagt«, erwiderte Anna über die Schulter.

Sie wandte sich nach rechts und schlenderte durch den Saal. Hier drinnen herrschte nicht allzu viel Betrieb. Von einem Tisch am hinteren Ende des Raums winkte ihnen jemand zu.

Beim Näherkommen erkannte Hantsch einen jungen Mann. Der brave Scheitel und das weiße Hemd mit Krawatte unter einem Pulli machten aus ihm rein optisch den idealen Schwiegersohn. Deswegen fand Hantsch ihn auf Anhieb extrem unsympathisch.

Neben ihm saß eine sorgfältig frisierte ältere Dame. Sie trug eine champagnerfarbene Bluse zum taubenblauen Kostüm, was sie zusammen mit dem grau gesträhnten Haar äußerst distinguiert erscheinen ließ.

»Nehmen Sie doch bitte Platz«, sagte die Frau mit angenehm modulierter Stimme.

Hantsch verbeugte sich unwillkürlich vor dem jungen Mann. »Gerne. Hantsch, mein Name.«

»Angenehm. Sie dürfen mich Frau Meier nennen. Dieser junge Mann neben mir ist Sebastian, mein Sekretär.«

Hantsch fuhr zusammen und drehte sich hastig zu der Dame um.

Sebastian schnellte hoch und verbeugte sich ebenfalls.

Hantsch nickte ihm unsicher zu. Dann sah er sich nach Anna um, die einfach nur die Tasche abgestellt hatte. Er wollte ihr einen Stuhl zurechtrücken, wie es sich gehörte. Ihm war nur nicht klar, wie er mit ihrer Unhöflichkeit umgehen sollte. Sie hatte keine Anstalten gemacht, sich vorzustellen. Daneben neigte sie zum unterschiedslosen Duzen, wie ihm wohlbekannt war.

»Wer ist denn Ihre reizende Begleiterin, Herr Hantsch? Etwa Ihre Tochter?«, fragte Frau Meier mit einem unschuldigen Augenaufschlag.

»Nein, gewiss nicht«, erwiderte er schnell. »Der Altersunterschied ist nicht so ...«

»Ich bin Anna. Ihr seid also echt die Interessenten, oder wie?«

»Setzen Sie sich doch erst einmal. Es redet sich besser im Sitzen, mit einem Getränk und vielleicht einem Stück Kuchen. Hier ist die Karte.« Frau Meier wies einladend auf die Stühle und schob die Speisekarte über den Tisch.

Anna ignorierte Hantschs Bemühungen, ihr einen Stuhl zurechtzurücken. Sie schlüpfte aus ihrer Jacke und plumpste einfach auf einen anderen. »Scheiße, war der Mist schwer.« Diese Aussage unterstrich sie mit dem Ausschütteln der Arme.

Frau Meier zog die sorgfältig gezupften Augenbrauen ein Stückchen hoch. »Sie haben doch wohl die Ware nicht mitgebracht?«

»Logo. Was glaubt ihr, warum ich mich sonst mit einer fetten Tasche abschleppe?«, sagte Anna. »Wollt ihr das jetzt nicht kaufen? Der Kontaktmensch hat gesagt, ihr seid total scharf drauf. Hat der mal wieder voll übertrieben, oder was?«

Frau Meier wechselte Blicke mit ihrem Assistenten Sebastian, der ein kleines Gerät in der Hand hielt.

»Schalten Sie ihre Handys aus und legen sie auf den Tisch«, sagte Frau Meier.

»Wie Sie wünschen«, meinte Hantsch, zog seins heraus und schaltete es ab.

Anna folgte zögernd.

Sebastian sah kurz auf sein Gerät und nickte Frau Meier zu. »Die sind sauber.«

Die Dame beugte sich vor. »Gut, das wäre fürs Erste geklärt. Wir können reden. Oberstes Prinzip bei dieser Art von Geschäftsverbindung ist Diskretion, junge Dame. Zuerst werden die Modalitäten ausgehandelt, dann für die physische Übergabe ein geeigneter Ort vereinbart. Bei diesen Mengen kann das keinesfalls ein Restaurant mitten in der Landeshauptstadt Hannover sein, verstehen Sie?«

Anna lehnte sich zurück und prustete.

»Sie haben völlig recht«, sagte Hantsch schnell, bevor Anna etwas erwidern konnte. »Es kam mir zudem nicht gelegen, diesen explosiven Behälter im Fahrzeug mitzuführen.«

»Nun setzen Sie sich doch erst mal«, zischte Frau Meier. »Oder wollen Sie unbedingt Aufsehen erregen, indem sie unserem Treffen stehend beiwohnen?«

»Nein, nein«, murmelte Hantsch und faltete sich auf den letzten freien Stuhl.

Die Bedienung eilte herbei.

Frau Meier nötigte Hantsch und Anna zu einer Kuchenbestellung. Das wirke vertrauter, sogar familiär, mit den jungen Leuten dabei, erklärte sie, als die Bedienung unterwegs war, um die Bestellungen zu holen.

»Mit wie viel Geld können wir denn rechnen?«, wollte Hantsch wissen. Mit dieser Auskunft wäre sein vorrangiges Ziel schon erreicht.

»Bitte, nicht so eilig. Zunächst müssen wir eine Kostprobe haben. Danach reden wir weiter.«

Hantsch nickte und holte einen kleinen Zipperbeutel mit weißem Pulver aus seinem Männerhandtäschen.

»Nicht so offen über dem Tisch!«, presste Frau Meier durch die Zähne.

»Entschuldigung«, knödelte Hantsch. Er streckte es ihr unter der Tischplatte entgegen.

»Sebastian.«

Der Angesprochene nahm das Päckchen und stopfte es unauffällig in die Tasche seines Jacketts, das über der Stuhllehne hing.

»Entschuldigen Sie mich bitte«, sagte er, stand auf, warf das Jackett über und schlenderte mit einem dünnen Aktenkoffer davon.

»Wo geht er hin?«, fragte Hantsch.

»Er kommt gleich zurück«, erwiderte Frau Meier.

Ihre Bestellung wurde aufgetragen und sie waren für Momente damit beschäftigt, Kuchen und Getränke zuzuordnen.

Hantsch betrachtete missmutig sein Tortenstück. Die ganze Szene erinnerte ihn viel zu sehr an die Cafébesuche mit seiner Mutter und ihren Freundinnen, die stets von der Aufforderung »Iss, Junge, iss!« begleitet gewesen waren.

»Der Knabe checkt gerade den Stoff, was?«, fragte Anna mit vollem Mund. Sie hatte anscheinend kein Problem damit, Kuchen in sich hineinzuschaufeln.

»Sebastian prüft die Güte der Ware, wenn Sie das meinen, junge Dame«, sagte Frau Meier. Sie tupfte sich mit der Serviette sachte die Mundwinkel ab.

»›Junge Dame.‹« Anna kicherte krümelig.

Sie hätte besser einen feuchteren Kuchen wählen sollen, dachte Hantsch. Dann fiele es nicht so auf, dass Jugend und Manieren offenbar nicht zusammenpassten. Solchermaßen an seine moralische Verpflichtung gegenüber dem Nachwuchs erinnert, wandte er sich an Frau Meier: »Ich möchte die Ware nur herausgeben, wenn Sie mir versichern, dass Sie sie nicht an Minderjährige abgeben.«

»Plagt Sie Ihr Gewissen?« Frau Meier lächelte tiefgründig, jedenfalls kam es Hantsch so vor.

»Nun ja …«

»Sie sind keine Profis, das ist mir schon klar. Bevor wir über weitere Einzelheiten reden, möchte ich erfahren, wie Sie an die Ware gekommen sind.«

Anna drehte sich zu Hantsch und grinste. »Das möchte ich auch gerne wissen.«

Er stocherte in seinem Kuchenstück herum. Diese Frage behagte ihm überhaupt nicht und er hatte auch nicht mit ihr gerechnet. »Also, das … das war ein Zufall. Ich … ich habe den Stoff … gefunden.«

Frau Meier betrachtete ihn mit spöttisch gekräuseltem Mund. »Wie können Sie so etwas finden? Das interessiert mich. Wenn ich das wüsste, müsste ich nichts aufkaufen.«

»Es geschah beim Spazierengehen. Er lag … und ich habe ihn einfach aufgehoben, weil ich dachte, ich könnte ihn zu Hause … Vor dem Heizungskeller, verstehen Sie? Hat der Schornsteinfeger gesagt.« Hantsch fuchtelte mit der Gabel in der Luft herum und verstreute so nun seinerseits Kuchenkrümel.

»Wirklich? Was haben Sie bloß für einen Schornsteinfeger?« Frau Meier wirkte vollkommen perplex.

»Andere haben den auch. Frau Anna zum Beispiel.« Hantsch deutete neben sich. »Nun ja, ich meine natürlich Frau Seidler.«

Kopfschüttelnd lauschte die Dame diesen Erklärungen.

Sebastians Rückkehr bewahrte sie vor Rückfragen, was Hantsch mit Erleichterung erfüllte. So musste er auch nicht mehr auf Annas An-die-Stirn-Tippen eingehen, mit dem sie seine Ausführungen gegenüber Frau Meier kommentiert hatte.

Sebastian setzte sich wieder auf seinen Platz.

Frau Meier sah ihn neugierig an. »Und?«

Er nickte, beugte sich vor und flüsterte ihr etwas ins Ohr.

Daraufhin wiegte sie den Kopf und blickte hinaus auf das gegenüberliegende Bekleidungshaus.

»Wollt ihr jetzt kaufen oder nicht?«, fragte Anna. Sie klang ungeduldig.

Frau Meier ignorierte sie und sprach stattdessen Hantsch an. »Wie viel Ware haben Sie?«

»Knapp sechs Kilo«, sagte er. »Das ist viel, nicht wahr?«

Frau Meier antwortete nicht. Sie war zusammengezuckt und wechselte nun einen Blick mit Sebastian. Danach sah sie wieder hinaus.

»Ist etwas?«, fragte Hantsch.

»Das ist seltsam«, erwiderte sie langsam.

»Was denn?«

»Glauben Sie an Zufälle?«

»Zufälle? Meinen Sie solche Zufälle, die sich zufällig ereignen? Oder zufällig mit etwas zusammenfallen?«, fragte Hantsch verwirrt.

Frau Meier sah ihn nun direkt an. »Sie meinen das ernst, oder? Keine versteckte Kamera oder so etwas?«

»Äh, wie bitte?« Hantsch drehte den Kopf in alle Richtungen.

Darauf eilte die Bedienung herbei. »Kann ich Ihnen noch etwas bringen?«

»Nein, danke«, kam es sehr bestimmt von Frau Meier. Sie wartete, bis sie wieder alleine waren. »Sie sind heute der Zweite, der mir dieses Angebot macht. Mit jeweils der gleichen Qualität. Im Übrigen der Dritte insgesamt, wobei der Erste keine Probe dabeihatte.«

Anna starrte Hantsch mit offenem Mund an.

Ich muss ganz ruhig bleiben. Lässig oder cool, wie das heutzutage heißt, dachte Hantsch. Er zuckte mit den Schultern. »Kann doch sein, oder?«

»Gerade das finde ich höchst zweifelhaft. Natürlich existieren größere Mengen auf dem Markt, aber bundesweit. Dreimal in kurzer Zeit dieses Angebot … Wo haben Sie den Stoff gefunden, wie Sie sagen?«

»Am Strand auf Amrum«, antwortete Hantsch.

Frau Meier zog mal wieder die perfekten Augenbrauen hoch. »Und da kommen Sie hierher?«

»Nein, nein, wir sind heute aus Bad Gruntz gekommen. Das liegt im Harz, kennen Sie das?«

Jetzt wurden Sebastian und Frau Meier unruhig. Sie sahen sich an und blickten sich um.

»Bad Gruntz, sagen Sie?«, fragte die Dame schließlich tonlos.

»Ja, genau. Stimmt etwas nicht?«, wollte Hantsch wissen.

»Das ist ja das reinste Yetinest!«, rief Frau Meier und hielt sich sogleich die Hand vor den Mund. Sie sah sich um.

Alle anderen taten es ihr nach. Da jedoch niemand in ihrer Nähe saß, war auch niemand auf sie aufmerksam geworden.

»Ich frage mich, wie viele Schneemenschen es eigentlich in diesem Ort gibt«, fügte Frau Meier leise hinzu. »Sie sind die Dritten, die von dort kommen und mir etwas anbieten. Wollen Sie mich auf den Arm nehmen?«

»Keineswegs, so etwas würde ich mir nie herausnehmen«, murmelte Hantsch. »Diese Häufung kann ich mir auch nicht so recht erklären. Auf Amrum habe ich sonst niemanden aus Bad Gruntz getroffen.«

»Was meinen Sie mit ›sonst‹?«, zischte Frau Meier. »Wen haben Sie dort getroffen?«

»Nur mich. Also niemanden außer mir.«

»Herrjeh«, sagte Frau Meier.

»Bei uns in Bad Gruntz haben wir keine Verwendung für so etwas«, sagte Hantsch.

»Das stimmt nicht so ganz«, meinte Anna. »Wir hätten schon Abnehmer. Bloß nicht für alles auf einmal.«

»Lassen Sie mich überlegen. Dies ist eine sehr ungewöhnliche Situation, gelinde gesagt. Sebastian, wir gehen nach draußen, Sie möchten bestimmt eine Zigarette rauchen.« Frau Meier wirkte jetzt wieder gefasst. »Sie bleiben bitte hier«, sagte sie zu Hantsch und Anna gewandt.

Sebastian nickte und erhob sich.

Kurz darauf waren Anna und Hantsch alleine.

»Was ist das für eine Scheiße?«, fragte Anna. »Hast du irgendwelchen Unsinn verzapft?«

Hantsch schüttelte den Kopf. »Nein, wie kommen Sie darauf?«

»Weil … ach, vergiss es. Können das deine Naturheiler gewesen sein?«

Dieser Gedanke belebte Hantsch. »Ja, genau so wird es sein. Die glauben, sie hätten den Schnee noch, und wollen ihn veräußern.«

Anna zog die Stirn in Falten. »Aber woher … Ich meine, die haben auch eine Probe gehabt.«

»Werden sie aus dem Feuerlöscher geholt haben. Ob da ein paar Gramm mehr oder weniger fehlen, merkt man ja nicht so leicht.«

»Mag sein«, meinte Anna. »Kann es sein, dass sie gerade erst hier waren? Oder wer sollte dich vorhin nicht entdecken?«

Hantsch brach der Schweiß aus. Fast hätte er verraten, dass es Sprinkler gewesen war. Solch ein dummer Zufall, dachte er. Das passiert eben, da kann Frau Meier sagen, was sie will.

»Genau, das war Sing Ma Tao, der Naturheiler.«

Anna nickte nachdenklich. »Aha, das erklärt so manches. Bloß nicht, warum noch jemand Drittes aus Bad Gruntz mit einer echten Probe hier war.«

Frau Meier kam mit Sebastian zurück an den Tisch.

»Wir sind zu einem Entschluss gekommen«, sagte Frau Meier, als sie wieder Platz genommen hatten. »Am nächsten Samstag kommen wir in Ihren beschaulichen Kurort. Wir treffen uns um zwölf Uhr am Heilstollen.«

»Wieso am Heilstollen?«, wollte Hantsch wissen. Dieser Treffpunkt missfiel ihm sehr.

»Nicht so laut! Ganz einfach, weil ich es sage. Es gibt da ein paar Nischen, die wir exklusiv belegen können. Sorgen Sie dafür, dass eine mit sechs bis acht Plätzen für uns reserviert sein wird.«

»Heißt das jetzt, dass ich den ganzen Scheiß umsonst mitgeschleppt habe?«, fragte Anna wütend.

»Niemand hat Sie dazu aufgefordert, junge Dame. Ich kann Ihnen auch nur davon abraten, weiter lautstark auf diesen Punkt hinzuweisen.« Frau Meier beugte sich weit vor. »Hier sind wir vielleicht im Auge des Sturms, aber rund um diesen Platz lauert die Drogenfahndung. Ideal für ein Treffen. Aber ein denkbar schlechter Ort, um Ware mitzubringen. Ich wünsche Ihnen viel Glück auf dem Weg nach Hause«, flüsterte sie.

Hantsch beugte sich ebenfalls vor. »Wir haben leider noch nicht über Geld gesprochen. Ich muss jedoch darauf bestehen.«

Frau Meier sah Sebastian an. Der zog einen Kassenbon aus der Jackentasche und kritzelte etwas auf die Rückseite. Das Papier landete unter Hantschs Nase.

»Nur …« Hantsch brach ab. »Fünfundvierzigtausend?«, hauchte er dann.

»Pro Einheit«, raunte Sebastian mit zusammengezogenen Brauen.

»Einheit? Wie meinen Sie das?«, fragte Hantsch leise.

»Tausend Gramm, Sie …« Sebastian verschluckte den Rest.

»Aber das sind dann ja bloß … Muss es denn wirklich der Stollen sein? Und Samstag passt auch nicht gut. Wir feiern die Wiedereröffnung des Kurhauses. Üblich-Haus wird es in Zukunft heißen, das ist übrigens meine Idee. Die Presse wird vor Ort sein …«

Frau Meier ließ Hantsch nicht ausreden. »Wunderbar. Das ist genau die richtige Situation für ein Treffen. Es werden viele Gäste von außerhalb kommen, daher fallen wir nicht auf. Der Stollen eignet sich deshalb gut, weil Menschen ihre Taschen und Rucksäcke mit hineinnehmen, was wir ebenfalls tun werden, um das Geschäft abzuwickeln. Über Geld können wir dort ungestört weiterreden. Verstehen Sie jetzt, warum ich diese Wahl getroffen habe?«

Hantsch seufzte und nickte. »Wieso brauchen wir Platz für so viele Personen?«

»Es wird eine Anbieterkonferenz werden.«

Hantsch erschrak. Wenn sich alle dort trafen, wäre auch Sprinkler anwesend. Anna ebenfalls. Frau Meier hatte von einem Dritten gesprochen. Ob damit Jensen gemeint war? Das klang nach einer explosiven Mischung. Er musste sich gut überlegen, wie er die Angelegenheit schonend regeln konnte. Solch ein hübsches Sümmchen würde all die Teilungen nicht unbeschadet überstehen.

Frau Meiers Stimme drang in sein Bewusstsein. »Wir gehen jetzt. Bitte übernehmen Sie die Zeche. Folgen Sie uns nicht. Und vergessen Sie nicht das Probepäckchen, es liegt unter Sebastians Stuhlkissen. Auf Wiedersehen.«

Hantsch kratzte sich am Kopf und haderte mit der Situation. Ob Geld wirklich all diese Kalamitäten, in die er geriet, rechtfertigte? Er war sich dessen ziemlich unsicher.

»Isst du deinen Kuchen nicht?« Anna hatte schon eine Hand an seinem Teller.

»Bitte«, murmelte Hantsch. Er winkte der Bedienung.

*

Sorgen Sie für einen bequemen Sitz oder eine Liege und eine reizarme Umgebung. Dann beginnen Sie mit der Schwereübung. Sie sagen: ›Mein rechter Arm ist schwer.‹ Wiederholen Sie diesen Satz ein paarmal. Entspannen Sie sich …

Hantsch legte das Buch auf den Schreibtisch und schloss die Augen. »Mein rechter Arm ist schwer.«

Er hob den Arm probeweise an, aber der fühlte sich genauso an wie immer.

»Mein rechter Arm ist ganz schwer.«

Es stimmte nicht. Der Arm blieb, wie er war.

»Mein rechter, rechter Arm ist ganz schwer!«

Hantsch nahm das Buch zur Hand. *Autogenes Training – Selbstcoaching für Körper und Seele* stand in grazilen, violetten Lettern auf dem Cover. Darunter lag eine Frau mit geschlossenen Augen auf einer violetten Matte unter einem blassblauen Himmel, den ein Schmetterling durchmaß. Hantsch legte das Buch zurück.

»Mein rechter, rechter Arm ist schwer und ich wünsche mir eine lila Matte her …« Er brach ab und seufzte. Presste die Augen fester zu. »Mein rechter, rechter Arm ist schwer, ist schwer.«

Nichts geschah.

Woran haperte es bloß? Er hatte gehofft, mithilfe dieser Methode entspannt in den aufregenden Tag starten zu können. Der letzte vor der Feier. Der letzte vor dem Verkauf des Rauschgifts. Nein, des Schnees. Dieser Terminus erschien Hantsch geeigneter, er milderte den Tatbestand, weil er nach Winterfreuden klang.

Es gab so viel zu tun und er durfte nichts vergessen, wenn er beweisen wollte, dass er für den Chefposten geeignet war.

Hantsch überlegte, ob er es doch noch einmal mit dem Selbstcoaching für Körper und Seele probieren sollte. Er erhob sich und marschierte über den Gang zu Frau Schütt.

»Werte Kollegin, verfügen wir über eine lila Matte?«

Frau Schütt sah von ihrem Bildschirm auf und schob die Brille zurecht. »Wie bitte?«

»Eine lila Matte.«

»Ich verstehe nicht … Was wollen Sie mit einer lila Matte?«

»Entspannen«, erwiderte Hantsch. Er merkte schon, dass dieses Gespräch zu nichts führen würde. Eine Erfahrung, die er mit Frau Schütt schon öfter gemacht hatte.

Seine Mutter hatte stets behauptet, Frauen seien im Haushalt besser aufgehoben. Am Arbeitsplatz würden sie den Männern nur die Köpfe verdrehen und sich die Fingernägel lackieren.

Vielleicht konnte er aber Frau Schütts Fähigkeiten als Nachrichtenquell nutzen. »Haben Sie gehört, wie es dem Kollegen Fröhlich geht?«, fragte er deswegen.

»Der muss noch im Krankenhaus bleiben. Die Platzwunde ist genäht worden und der Bruch geschient. Aber er soll noch Ruhe halten und die Gehirnerschütterung auskurieren.«

»Na, dann wird ja gut für ihn gesorgt«, murmelte Hantsch.

»Das hoffen wir alle«, erwiderte Schütt. »Wie konnte das bloß passieren? Dass ein Drehstuhl zusammenbricht, haben wir noch nie gehabt.«

»Vielleicht weil der Kollege im Urlaub so ordentlich zugelegt hat?«, meinte Hantsch. »Nun ja, sowie die Feier über die Bühne ist, werde ich ihn im Krankenhaus aufsuchen. Wissen Sie, ob er *Rotbäckchen* trinkt?«

»*Rotbäckchen?* Sie meinen das ...?«

Schütts Miene veranlasste Hantsch zu einem abrupten Themenwechsel: »Schon gut! Wie wird das Wetter die nächsten Tage?«

»Bin ich denn hier die Auskunft? Morgen noch heiter mit zunehmendem Wind. Danach Regen und deutlich kühler. Sind Sie jetzt zufrieden?«

»Danke, Frau Schütt. Sie haben mir sehr geholfen. Ich finde, unsere Zusammenarbeit verbessert sich täglich. Jetzt will ich Sie nicht länger stören, Sie haben sicher noch was zu lackieren.«

Hantsch verließ Schütts Büro und setzte sich wieder an seinen Schreibtisch. Es musste auch ohne Entspannung gehen.

Er rief beim Empfang am Heilstollen an. »Hantsch hier. Steht die Reservierung für morgen? Exklusiv acht Plätze in der Hinterkammer für eine wichtige geschäftliche Besprechung?«

»Ja, Herr Hantsch, das geht in Ordnung. Sie müssen nicht dauernd anrufen und sich rückversichern. Das ist notiert und natürlich hat Ihre Reservierung als Leiter der Kurverwaltung absoluten Vorrang.«

»Gut, gut«, meinte Hantsch. »Und werden wir da auch völlig ungestört sein?«

»Ja-ha, wie Sie es wünschen.«

»Kann ich mich auf Sie verlassen? Es ist sehr wichtig.«

»Ja, Herr Hantsch. Die Seitenkammer ist für Sie reserviert, Sie werden völlig ungestört sein und Sie können sich auf mich verlassen.«

Zwar gefiel Hantsch der Ton dieser Ansage nicht, aber er enthielt sich eines Kommentars. Schließlich lautete die Devise Ruhe bewahren und es gab noch eine Menge zu tun.

Kaum hatte er das Gespräch beendet, klingelte sein Apparat. Frau Schütt war dran. »Herr Spitz will Sie sprechen. Soll ich durchstellen?«

»Herr Spitz? Der … ähm …«

»Genau, der Schwimmmeister vom Solebad.«

»Ja, bitte, stellen Sie durch.«

»Hallo?« Eine sonore Stimme dröhnte aus dem Hörer.

»Hantsch hier. Herr Spitz, welches ist Ihr Begehr?«

Nach einigen ›Ähms‹ und ›Ähs‹ fand Herr Spitz seinen Text. »Wir haben ein Problem. Es geht nicht, dass hier Betrunkene randalieren und ins Bad wollen. Sie müssen da etwas unternehmen!«

»Welche Betrunkenen?«, fragte Hantsch verdutzt.

»Diese komischen Naturheiler arbeiten mit jeder Menge Alkohol. Überall Besoffene, wie die Axt im Wald! Gesund kann das nicht sein!«

»Ja, hm«, murmelte Hantsch. Ihm fiel ein, wie viel Bier bestellt worden war und dass es obendrein diesen Posten ›diverse Alkoholika‹ gegeben hatte. Ihm schwante Schlimmes. »Sie können doch einfach mal hinaufgehen und Bescheid sagen, dass die Gäste, die das Bad aufzusuchen wünschen, dies vor der Behandlung tun sollten.«

Spitz schnaubte so laut ins Telefon, dass Hantsch zusammenzuckte. »Ich war schon oben. Wissen Sie, was die da gerade gemacht haben? Die haben sich mit Matsch beworfen! Angeblich wäre das Heilschlamm. Die waren alle völlig blau und überall klebte diese Pampe. Mich haben sie auch beworfen. Meine Klamotten, die Treppe, das Foyer, eine einzige Sauerei!«

Hantsch stützte den Kopf auf und schluckte mehrmals, bevor er zu einer Antwort fähig war. »Tja, die neuen Methoden der Naturheilkunde setzen eher auf Wohlbefinden denn auf Sauberkeit, aber ich werde das Üblich-Haus demnächst aufsuchen, um etwas Zurückhaltung zu bewirken.«

»Äh, wohin wollen Sie?«, fragte Spitz nach einer winzigen Pause.

»Ins Kurhaus, lieber Herr Spitz. Dem wurde neuerdings die Bezeichnung Üblich-Haus zuteil. Sie sollten diesen Namen unbedingt verwenden, damit er hurtig implementiert wird.«

»Was?«

»Das heißt *Wie bitte?* Der Begriff Üblich-Haus korrespondiert mit dem *unique selling point* Harz-Brocken-Sagen. Das ist zielgruppenorientiertes Marketing und sichert die Identifikation unseres Kurortes mit lokalen Highlights, was uns in der gegenwärtigen, kurortspezifischen Sättigungsphase des Produktlebenszyklus die Marktposition arrondiert und sichert. Verstanden?«

»Sie meinen, dass wir mit *outpacing* als Funktionalstrategie auf die Herausforderung des gereiften Marktes zurückgreifen und eine emotionsgeladene Marke aufbauen sollen, um die Kundenbindung zu erhalten?«

»Was?«, entfuhr es Hantsch.

»Das heißt *Wie bitte?* Aber lassen wir das. Ich habe jetzt keine Zeit, um über *advertising issues* zu reden. Dafür lungern zu viele Besoffene im Bad rum und wir wollen ja nicht, dass da jemand absäuft. Es wäre schon gut, wenn Sie diesen Quacksalbern auf die Finger klopfen. So geht's jedenfalls nicht.«

Bevor Hantsch irgendetwas dazu sagen konnte, hatte der Schwimmmeister aufgelegt.

Hantsch legte den Kopf auf die Schreibunterlage. Ein nervöses Zittern hatte seine Beine erfasst. Er wünschte sich nichts sehnlicher, als dass der morgige Tag schon vorüber wäre.

Es klopfte.

Hantsch wollte niemanden sehen.

Es klopfte erneut.

Hantsch wollte immer noch niemanden sehen.

Frau Schütt öffnete die Tür. »Was ist mit Ihnen? Warum rühren Sie sich nicht?«

»Ich denke nach. Was gibt es denn jetzt schon wieder?«

»Ich kann nichts dafür! Die Herrschaften von der Harzhöhenbank sind hier. Wegen dem Mauntenbeikrennen morgen. Steht in Ihrem Kalender.«

»Das heißt wegen des Montainbikerennens, Frau Schütt. Ich lasse bitten.«

»Was?«

»Das heißt *Wie bitte?* Lassen Sie die Herrschaften eintreten.«

»Ach so.« Frau Schütt trat einen Schritt zurück. »Der Chef lässt bitten. Also Sie können eintreten …«

Die Herrschaften erwiesen sich als Reißeck, der Filialleiter der örtlichen Niederlassung der Harzhöhenbank, und eine sportlich aussehende Dame, die Hantsch nicht kannte. Schon wieder so eine, dachte er. Die Welt war voll von ihnen und er wollte auch mal eine abbekommen.

Die Dame schob ein blitzblankes Fahrrad in den Raum. Es strahlte in den Farben der Bank: Grün, Gelb und Braun. Der Geruch frischen Reifengummis stieg in Hantschs Nase.

»Einen wunderschönen guten Tag«, rief Reißeck. Er streckte ihm seine weiche Hand mit den dicken, kurzen Fingern entgegen.

Hantsch hatte keine Wahl, er drückte sie, aber nur unter Vorbehalt.

»Ich habe Ihnen ein Rad und Frau Voss mitgebracht. Es ist alles bereit für den großen Tag. Wir möchten Sie nur bitten, morgen den Startschuss abzugeben. Daran hat niemand gedacht, aber das erste Heilbad-Race sollte schon von allen maßgeblichen Herren des Heilbades eröffnet werden. Also von mir und Ihnen. Frau Voss, bitte überreichen Sie Herrn Hantsch als Leiter der Kurverwaltung unser Bankbike mit der Seriennummer eins.«

Frau Voss stellte das Rad mitten im Büro auf den Ständer und betätigte dreimal die Klingel, bevor sie mit großen Gesten deklamierte:

»Machen Sie sich auf die Socken
und seien Sie nicht feig,
bezwingen Sie die größten Brocken.
Sie werden dabei schlank.
Mit einem Montainbike
der Harzhöhenbank.
Vielen Dank.«

Stille kehrte ein, in der sowohl Frau Voss als auch Herr Reißeck Hantsch erwartungsvoll ansahen.

»Ah, ja«, sagte der.

»Das ist unser Werbeslogan. Damit wollen wir die Leihräder und die Strecken bewerben. Brillant, nicht wahr?«, meinte der Filialleiter mit beschwörendem Unterton.

»Auf jeden Fall brillant exorbitant«, murmelte Hantsch.

»Wir haben sogar einen Fahrradschalter an der Filiale eingerichtet«, fuhr Reißeck fort. »Und jetzt zur Ausrüstung des Rades, zeigen Sie Herrn Hantsch die bitte!«

Frau Voss lächelte tiefgründig. »Wir haben unter dem Sattel einen Tresor für Geld und Wertsachen. Das Schloss können Sie mit der EC-Karte öffnen. Außerdem gibt es hier vorne auf dem Lenker eine Dockingstation für das Navi. Gegen Aufpreis kann das mit ausgeliehen werden. Damit können Sie auch Bankgeschäfte tätigen und dazwischen zeigen wir Werbeclips. Selbst Angebote vom Kurbetrieb oder anderer Werbepartner können darauf laufen. Die Kosten fallen gegenüber dem Werbeeffekt nicht ins Gewicht.«

»Des Werbeeffektes, aber … sehr interessant«, murmelte Hantsch. »Wie, ich meine wer …«

»Das ist alles Herrn Reißecks Idee«, erwiderte Frau Voss eilig.

»Ah ja.«

»Das T-Shirt, Frau Voss, vergessen Sie das T-Shirt nicht«, sagte der Filialleiter.

Frau Voss nickte. Aus der Einkaufstasche, die sie dabeihatte, kramte sie grün-gelb-braune T-Shirts heraus. »Welche Größe tragen Sie?«, wollte sie von Hantsch wissen.

»Meistens einhundertsechs, wobei die Sachen dann leider häufig zu weit sind.«

»Können Sie das mal überziehen?« Voss hielt ihm ein Shirt hin.

Hantsch zierte sich, denn er wusste, wie unbeholfen Menschen aussehen, wenn sie Kleidung über den Kopf ziehen müssen. Zumal seine Frisur in Unordnung geraten würde und er sich des Jacketts entledigen müsste. Das alles ohne Kabine und unter den Augen einer Dame.

»Das werden wir morgen beim Start alle tragen, auch die Teilnehmer.«

Mit dieser Aussage steigerte Frau Voss den moralischen Druck so weit, dass Hantsch die Anprobe nicht verweigern konnte.

»Na, das passt ja prima«, meinte sie, als er grün gewandet mit verwuscheltem Scheitelhaar vor ihr stand, die Arme steif wie Pinguinflügel.

Die Aufschrift *Harzhöhenbank Bad Gruntz* zierte in großen braunen Lettern die Rückseite und stand kleiner auch auf der Vorderseite des T-Shirts. Überall, wo noch Platz war, fand sich in Gelb der Aufdruck: *Heilbadrace.*

»Schön«, sagte Hantsch zögernd.

»Wir lassen Ihnen einen Stapel T-Shirts hier. Die können Sie gerne selbst verteilen. Würden Sie sich um kurz nach elf am Üblichplatz einfinden? Der Startschuss soll um elf Uhr dreißig erfolgen. Wenn Sie noch Fragen haben, rufen Sie mich bitte an. Ich bin jederzeit erreichbar.«

Mit diesen Worten nötigte Voss Hantsch eine Visitenkarte auf. Anschließend wurden Hände geschüttelt und ein paar Augenblicke später stand Hantsch alleine und leicht desorientiert vor dem Mountainbike in seinem Büro.

Er brauchte einige Zeit, um sich darüber klar zu werden, was er als Nächstes tun wollte. Das Rad, dachte er, könnte sich dabei als äußerst zeitsparend erweisen.

Er sagte Frau Schütt Bescheid, dass er einen Dienstgang vorhabe, und trug das Rad die Treppen hinunter vor das Gebäude.

Bike Nummer eins erwies sich als nicht passend eingestellt für Hantschs Größe. Unter ihm fühlte es sich an wie ein Kinderdreirad, wie er bei einer Proberunde auf dem Vorplatz feststellte. Alsbald lenkte ihn aber eine Person ab, die in einiger Entfernung neben einem Auto stand und ihn beobachtete.

Das ist doch dieser Triller, dachte Hantsch. Der Kommissar trug eine Pudelmütze. Wetterbedingt konnte das nicht sein, es war noch angenehm warm. Hantsch fiel die Kopfwunde ein, die sich der Beamte bei der Haussuchung zugezogen hatte. Die Mütze sollte sicher den Kopfverband verdecken.

Warum trieb sich der Kommissar immer noch hier herum? Bei Hantsch zu Hause war nichts gefunden worden, was die Polizei hätte interessieren können, das hatte ihm die Dienststelle bestätigt, als er die Kommissarin Blumenthal hatte sprechen wollen. Sie selbst bekam er nicht an die Strippe, obwohl er sie im Hintergrund reden gehört hatte.

Für Hantsch sah es ganz so aus, als schnüffele Triller auf eigene Faust. Garantiert verstieß das gegen die Verordnung über die Kurtaxenpflicht, aber Hantsch wagte nicht, deswegen zu intervenieren.

Na gut, mal schauen, was der Kommissar machen würde, wenn Hantsch durch den Park hinüber zum Üblich-Haus radelte. Wenn er ihn observierte, musste der Beamte hinterdrein rennen. Triller wusste nicht, wo Hantsch hinfahren würde, und konnte ihm nicht mit dem Wagen folgen.

Hantsch ignorierte die ungünstige Sitzposition und trat in die Pedale. Er radelte den Fußweg seitlich des Gebäudes entlang, am Behördenparkplatz vorbei und auf den Pfad, der in den befestigten Hauptweg zum Kurhaus mündete.

Der sandige Untergrund knirschte fröhlich unter den Rädern. Kurz vor der Einmündung beschrieb der Pfad eine Kurve. Die nutzte Hantsch, um zurückzuschauen. Tatsächlich trabte der Kommissar hinter ihm her. Die Entfernung zwischen ihnen war schon beträchtlich.

Kurzentschlossen bog Hantsch nicht Richtung Kurhaus ab, sondern schlug eine andere Richtung ein. Eine Runde ums Üblich-Haus wollte er Triller gönnen. Hantsch reduzierte seine Tretfrequenz, damit der Kommissar ihn nicht aus den Augen verlor.

Ab und zu sah er sich um, ließ Triller etwas aufschließen, dann zog er das Tempo wieder an. Den Augenblick, in dem sich der Polizist als Opfer eines schlechten Scherzes wähnte und die Verfolgung aufgab, wollte Hantsch unbedingt abpassen. Wenn es so weit war, hatte er eine kleine Volte parat.

Sie hatten schon die Hälfte der Runde zurückgelegt, als Triller knapp hundert Meter hinter Hantsch pumpend stehen blieb.

Hantsch fuhr vorsichtig einen Halbkreis, wobei er peinlich darauf achtete, nicht auf die Rasenfläche zu geraten, und strampelte Triller entgegen.

»Guten Tag, Herr Tschiller«, rief er munter beim langsamen Vorbeirollen. »Sie machen wohl auch ein bisschen Sport, das freut mich. So ein Kuraufenthalt bei uns weckt die Lebensgeister, nicht wahr?«

Triller antwortete nicht. Es wäre ihm auch schwergefallen, denn er stand rotköpfig da, stemmte die Hände in die Hüften und rang nach Luft.

Gemächlich ließ Hantsch ihn hinter sich, bog in einen Weg ab, der direkt zum Kurhaus führte, und versuchte, dabei zu pfeifen.

Überall waren Bedienstete von *Grün Bad Gruntz* damit beschäftigt, Buden und Stände aufzubauen und Lichterketten zu spannen.

Auf dem Vorplatz mit dem Wasserbecken traf er seine Sonderbeauftragten Feltz und Klein. Sie gestikulierten wild herum und schienen wegen irgendetwas uneins zu sein. Als sie Hantsch sahen, hielten sie inne und winkten ihn hektisch herbei.

»Wo soll das Pult für die Eröffnungsansprache stehen und wo der Musikzug?«, rief Klein ihm entgegen.

»Eröffnungsansprache? Welche Eröffnungsansprache?«, fragte Hantsch.

»Für das Üblich-Haus! Sie halten die, das steht doch im Programm.«

Hantsch bremste ab und kippte fast um. Das hatte er völlig vergessen. »Für wann war die geplant?«

»Vierzehn Uhr«, sagte Klein.

»Äh, ja, und was sage ich da?«

»Woher soll ich das wissen?«, erwiderte Klein schnippisch.

Hantsch starrte ihn an, bis er unruhig wurde.

»Nun ja, so was wie Glück auf und feierlich für eröffnet erklärt«, murmelte Klein.

»Ich sehe schon«, sagte Hantsch, »ich muss selbst einen Text entwerfen. Gut. Das Pult kommt dorthin, der Musikzug steht daneben und die Gäste können sich hier verteilen.« Hantsch zeigte vage in die Gegend.

»Aber dann steht das Publikum mit dem Rücken zum Haus, wenn Sie sprechen«, meinte Feltz.

»Ja und? Was verstehen Sie davon?« Hantsch wandte sich an Klein. »Wenn Sie mit den Vorbereitungen fertig sind, habe ich einen weiteren Sonderauftrag für Sie.« Er hielt inne, während Klein die Gesichtszüge entglitten. »Mein neues

Beschilderungskonzept für den Ort muss umgesetzt werden. Ich glaube, Sie sind für diese Aufgabe wie geschaffen.«

Hantsch sah, wie Klein lautlos den Mund bewegte. Ein Gefühl von tiefer Befriedigung erfüllte ihn, gepaart mit einer Spur schlechten Gewissens.

Er wandte sich Feltz zu. »Da das Wetter umschlägt und wir für morgen Abend Regen erwarten, sorgen Sie dafür, dass bis zur Eröffnungsrede das Laub zusammengeblasen und aufgehäufelt wird.«

Feltz wirkte ähnlich betroffen wie Klein. »Wir haben hier noch jede Menge zu tun und Bremer ist immer noch krankgeschrieben. Ich weiß nicht, wie wir …«

»Immer noch die Geschichte mit dem Kopf?«, fragte Hantsch.

»Ja, der Kopf. Also ich weiß nicht …«

»Sie schaffen das schon«, meinte Hantsch leichthin. »In die Hände gespuckt und auf geht's. Entschuldigen Sie mich jetzt, ich habe zu tun.«

Er schwang sich wieder in den Sattel, um die letzten Meter vor den Eingang des Üblich-Hauses zu rollen.

Aus den Augenwinkeln sah er, wie Triller angetrabt kam. Immer noch rotköpfig und bestimmt total verschwitzt.

Hantsch bemühte sich, nicht zu offensichtlich zu grinsen. Er kam langsam auf den Geschmack, was Rache anging. Da er kein Fahrradschloss hatte, schob er das Rad ins Foyer.

Reinigungskräfte wuselten dort herum, fegten und schoben braune, krümelige, teils schmierigfeuchte Masse zusammen. Selbst an Wänden und Glasscheiben zeigten sich Spuren davon.

»Das Fahrrad bleibt draußen!«, bekam Hantsch barsch zu hören.

»Das ist ein Fahrzeug der Verwaltungsleitung«, erwiderte er. »Es begleitet mich, wohin ich will.«

Er wartete mögliche Einwände nicht ab, sondern schulterte den Drahtesel und erklomm die Treppe. Hier war Vorsicht angebracht. Die braune Masse türmte sich auf etlichen Stufen.

»Moin, Döspaddel«, raunzte ihn ein mit dem Oberkörper auf dem Tresen flegelnder Jensen an. »Trinkkur oder Eierlikörmassage? Heilschlamm is aus. Fischkur is auch gerade schlecht.«

Hantsch stellte sein Rad im Empfangsbereich ab. Der Geruch nach Alkoholika und Fischbrötchen hing schwer in der Luft.

»Was haben Sie mit dem Schlamm gemacht? Soll das etwa Fango sein? Der Schwimmmeister hat sich über den Dreck beschwert. Ich glaube, der hält Sie und Sonja für Vollpfosten.«

Jensen winkte ab. »Spitz? Der hält sich wohl für einen Olympiasieger.«

»Sie sollten sich zurückhalten mit Ihren Verrücktheiten, bis wir den Feuerlöscher wiedergefunden haben. Sonst fliegen wir auf und alles ist vorbei«, sagte Hantsch leise. Dabei beobachtete er Jensens Miene genau.

Der vermeintliche Naturheiler Sing Ma Tao stieß ein meckerndes Gelächter aus. »Unsere Patienten sind begeistert«, erwiderte er, »die schlafen sogar hier, so herrlich finden die das.« Er nickte mit dem Kinn Richtung Wartezimmer.

Hantsch steckte den Kopf hinein. Drei Männer und eine Frau lagen teils quer über mehreren Stühlen und schnarchten vor sich hin. »Das geht doch nicht«, murmelte er. »Wenn sich das bei den Krankenkassen herumspricht …«

»Reg dich ab«, brummte Jensen. »Die muss ich sowieso gleich wecken, wir haben Feierabend. Aber wenn dir das alles nicht passt, sind wir nächste Woche weg.«

Hantsch blieb der Mund offen stehen. »Wollt ihr mir nicht mehr helfen, den Feuerlöscher zu finden?«

Jensen wackelte mit dem Kopf und zuckte mit den Schultern. »Wie sollen wir helfen? Du hast uns nicht gesagt, wo wir suchen sollen.« Er kniff die Augen zusammen. »Suchst du selbst überhaupt?«

Hantsch atmete tief ein und aus.

Bevor er antworten konnte, richtete sich Jensen auf. »Oder hast du das Zeuch längst gefunden? Vielleicht weißt du schon die ganze Zeit, wo der Kram steckt, und wolltest uns hier im Trockendock zum Abwracken liegen lassen?«

»Das ist jetzt höchst unfein von Ihnen, Petter! Ich bin ein ehrlicher Mensch und ... und tue nur Gutes. Für alle, wie ich betonen möchte.«

Jensen stimmte ein röhrendes Gelächter an.

»Sie brauchen überhaupt nicht zu lachen! Sie und Sonja haben den Chef versteckt, um mich im Ungewissen zu lassen. Das nenne ich verschlagen und pietätlos!«, rief Hantsch. Er bebte vor Empörung.

»Blödsinn. Ohne Rücksprache hätte ich deinen Chef nicht entsorgen können. Was ist, wenn der einen genagelten Bruch hat? Das fällt auf, wenn gemahlen wird. Oder einen Herzschrittmacher? Das ist Sondermüll«, sagte Sonja, die aus den Tiefen der Praxis auftauchte. Ihre Haare waren nass und sie trug frische Kleidung.

»Was weiß ich, was ihr mit ihm gemacht habt? Jedenfalls war der Chef weg und ihr wart da. Das sind Tatsachen«, rief Hantsch.

»Aha, Tatsachen also. Das möchte ich ein bisschen genauer wissen«, sagte eine kurzatmige Stimme hinter ihm.

Hantsch drehte sich erschrocken um und sah Triller. Ihm war nicht aufgefallen, dass der Kommissar ihm nach oben gefolgt war. Mochte der Himmel wissen, was der nun alles mitgehört hatte. Hantsch schloss kurz die Augen und seufzte leise. Die Angelegenheit erwies sich als komplizierter als gedacht.

»Ach, kiek mol an«, meinte Jensen sichtlich amüsiert, »Inspektor Colombo ist wieder da.«

»Colombo? Echt?«, wollte Sonja wissen. »Dann muss ich ein Autogramm haben.«

»Nee, Colombo is schon tot«, brummte Jensen.

Sonja zog die Brauen zusammen und verzog den Mund. »Der sieht aber nicht tot aus. Eher kurz davor …«

»Ich werde euch kriegen. Alle!«, zischte Triller.

»Dafür musst du dich aber dringend in Form bringen. Du siehst aus, als kippst du gleich um. Hast du Holz gehackt oder so?«, fragte Sonja.

Ausgehend von den immer noch roten Wangen, verfärbte sich der Beamtenkopf wieder. »Ihr werdet mich noch kennenlernen«, brüllte er. »Einen Kommissar Triller könnt ihr nicht verarschen, ihr nicht!« Er machte kehrt und trampelte die Treppe hinunter.

»Hamwer nich nötig, das machst du schon selber«, rief Jensen ihm hinterher.

Augenblicke später hörte Hantsch, wie Triller einen Schrei ausstieß. Ein dumpfes Geräusch folgte, so als ob ein Sack Reis auf den Boden platschte. Danach folgte Stöhnen und Schniefen.

»Hab ichs doch gewusst«, meinte Jensen grinsend. »Aber wir haben jetzt Feierabend.«

*

Das Elf-Uhr-Glockenspiel am Markt war gerade verklungen, als Hantsch auf den Platz radelte. Er trug das Werbe-T-Shirt der Harzhöhenbank, aber nur widerwillig.

Eine bunte Schar auf Rädern hatte sich eingefunden, an die Frau Voss weitere Shirts mit aufgehefteten Rückennummern verteilte. Diese uniforme Ausrüstung nahm viel von der Buntheit.

»Herr Hantsch, Herr Hantsch!«, rief Reißeck. Er stand winkend neben der Steineinfassung des Brunnenbeckens.

Hantsch schob sich durch die Menge zu ihm. »Können wir pünktlich starten? Es warten noch wichtige Aufgaben auf mich«, fragte er, denn er war nervös, weil es mit dem Treffen im Heilstollen knapp werden würde.

Reißeck nickte. »Ja, wir sind bald so weit. Wenn alle Teilnehmer eingeschrieben sind und ihr Trikot anhaben, kann's losgehen. Wir stellen uns dadrauf.« Reißeck wies zum Brunnen hinter sich.

Hantsch bemerkte, dass eine Bohle über den Brunnenrand gelegt worden war. Mithilfe seiner langen Beine erklomm er leicht den Standplatz.

Ein kurzer Rundumblick zeigte ihm, dass der verrückte Kommissar wieder zugegen war. Eine blaue Wollmütze zierte das Beamtenhaupt.

Neben ihm standen die Kommissarin Blumenthal und noch ein paar weitere Personen, die für Hantsch verdächtig nach Polizisten aussahen. Sie hatten sich etwas erhöht auf der Außentreppe eines Hauses postiert, während andere Schaulustige Abstand hielten.

Das fing ja gut an. Wahrscheinlich würde er heute keinen Schritt tun können, ohne überwacht zu werden. Er musste sich etwas einfallen lassen, das wurde Hantsch deutlich.

Die Bohle wackelte, als Reißeck sie besteigen wollte. Dessen Leibesfülle erwies sich als hinderlich. Frau Voss stützte und drückte, Hantsch reichte dem Filialleiter eine Hand und zog. Gemeinsam bugsierten sie Reißeck hinauf.

Er kam auf die Beine, klopfte seine Hose ab und zupfte das grüne Werbe-T-Shirt zurecht. Dann ließ er sich von Voss ein Megafon reichen. »Herzlich willkommen zum ersten Heilbad-Race rund um Bad Gruntz, veranstaltet und gesponsert von der Harzhöhenbank. Die kompetente Bank, die Ihnen jederzeit Schub verleiht. So wie wir auch das Harzrollern beschleunigen …«

Hantsch hörte nicht länger zu. Die Frage, wie er ungesehen den Heilstollen betreten konnte, lenkte ihn zu sehr ab. Wie er es auch drehte und wendete, er musste dort zugegen sein, denn nur er wusste, wo der Schnee lagerte. Frau Meier würde wahrscheinlich kein Geschäft auf Vertrauen abschließen, mit späterer Übergabe auf Ehrenwort.

Durch einen Rippenstoß wurde Hantsch aus seinen Überlegungen gerissen.

»Wollen Sie auch noch was sagen?«, fragte Reißeck. Er hielt ihm das Megafon hin.

Hantsch registrierte, dass alle Radler an der Startlinie bereitstanden. Viele blickten zu ihm auf. Er nahm das Megafon entgegen. »Ja, ähm, also …«

»Sie müssen auf den Knopf drücken«, zischelte Reißeck.

Hantsch drückte. »Der Knopf, ja, verstehe«, murmelte er und hörte sein Gebrumme laut über den Marktplatz hallen. »Gibt es noch irgendwelche Fragen?«, wollte er dann wissen.

Jetzt sahen alle zu ihm auf. Aber eher überrascht und verständnislos, wie er meinte.

»Wann geht's los?«, brüllte jemand.

Zustimmendes Raunen und Gelächter.

»Wenn der Startschuss abgefeuert wurde, denke ich, nicht wahr, Herr Reißeck?«

»Ja«, zischte der Filialleiter und hielt ihm die Startpistole hin. »In die Luft halten beim Abdrücken.«

»Gut«, erwiderte Hantsch, immer noch ins Megafon. »Aber um eines möchte ich doch bitten: Halten Sie sich an die ausgeschilderten Wege und werfen Sie keine Abfälle in unsere schöne Natur.« Er hob die Pistole.

»Bis drei zählen«, raunte Reißeck.

»Ah, ja: Eins, zwei, drei.«

Hantsch drückte ab, bei eingeschalteter Megafonverstärkung. Eine Mischung aus echtem und verzerrtem Knall donnerte schmerzhaft über den Platz. Eine lange Schrecksekunde brauchte es, bis die ersten losfuhren. Andere hatten ihr Rad fallen gelassen und hielten sich die Ohren zu.

Als Hantsch sah, wie die ersten Radler Richtung Elchtal zwischen den Häusern verschwanden, wusste er, wie er sich aus der Klemme befreien konnte. Er reichte Megafon und Pistole zurück an Reißeck und sprang von der Bohle hinunter. Hinter sich hörte er einen Schrei und lautes Platschen.

Hantsch schwang sich auf sein Rad. Beim Wegfahren sah er, wie der Filialleiter aus dem Brunnen auftauchte. Ein Ende der Bohle schwappte im Wasser.

»Ich bitte um Verzeihung«, rief Hantsch. Dann sah er sich nach den Kommissaren um.

In das Grüppchen der Polizisten war Bewegung gekommen. Sie rannten hinter den Radlern her. Wahrscheinlich, weil sie einen Wagen vor der Filiale der Harzhöhenbank, an der die Rennstrecke vorbeiführte, geparkt hatten.

Jetzt war Tempo angesagt. Hantsch trat in die Pedale, was das Zeug hielt. Wenn er es schaffte, von der Straße abzubiegen, bevor die Polizei ihn mit dem Auto erreichte, hatte er eine Chance, ungesehen zum Treffpunkt zu gelangen. Durch sein hohes Tempo überholte er reihenweise Radler, die sich die Kräfte einteilten.

Wenige Minuten später knickte die Rennstrecke vom Asphalt in einen Waldweg ein. Noch vor Kurzem hatte Hantsch dafür gesorgt, dass dieser Weg ordentlich beschildert wurde. Das Schild strahlte in frischen, reflektierenden Farben und war nicht zu übersehen.

Hantsch frohlockte, denn er hatte recht behalten gegen alle, die bei der Wegtaufe abfällige Bemerkungen gemacht hatten. Für diese Strecke zum Weltwald war der Name Holzweg äußerst passend. Die vielen Kurgäste wussten dadurch, woran sie waren.

Es ging nun bergauf. Hantsch musste beständig herunterschalten, trotzdem kam er nicht ohne Hecheln aus. Etliche der Radfahrer, die er zuvor überholt hatte, zogen nun mit stetem Tritt an ihm vorbei.

Ein drahtiger Typ in Radlerhose hielt sich kurz neben ihm. »Sportsfreund, du hast deine Nummer verloren.«

»Ist … nicht … schlimm«, keuchte Hantsch.

»Du musst dir die Kräfte besser einteilen. Gerade am Anfang. Kein Wunder, dass du jetzt schon platt bist. Du hast dich in den anaeroben Bereich gefahren. Dein Laktatspiegel steigt zu hoch und du bist übersäuert. Denk das nächste Mal dran.« Er klopfte ihm leicht auf den Rücken und zog mit schnellen Tritten vorbei.

Über das nächste kurze Steilstück arbeitete Hantsch sich noch weg, dann hielt er an. Weitere Radler rollten vorbei.

»Probleme?«, fragte jemand.

»Nur eine kleine Panne«, rief Hantsch und beugte sich über die Schaltung.

Er musste diese Strecke verlassen, das war ihm klar. Einige Höhenmeter weiter kreuzte ein Wanderweg. Wenn er sich rechts hielte und quer zur Bergflanke führe, könnte er den Üblichweg passieren und einen der Pfade Richtung Heilstollen einschlagen. Er seufzte bei dem Gedanken, wie viele Steigungsmeter ihn noch erwarteten. Von schimpfenden Wandergruppen ganz zu schweigen.

Er sah den Hang hinab. Außer Sonnenflecken und rieselnden Blättern bewegte sich nichts mehr. Anscheinend war er nun der Letzte. Sofern ihn nicht Polizisten auf Rädern verfolgten. Die Vorstellung spornte Hantsch an. Er stieg auf und radelte weiter. Diesmal jedoch in einem Tempo, das er eine Weile beibehalten konnte.

*

Ziemlich außer Puste erreichte Hantsch die asphaltierte Zufahrt zum Heilstollen. Bevor er sich ganz aus der Deckung des Waldes wagte, schaute er sich gründlich um. Fahrzeuge waren nicht zu sehen, nur ein paar Leute, die, mit Rucksäcken beladen, Richtung Stollen spazierten.

Das beruhigte ihn nicht vollends. Jederzeit konnte ein Auto auftauchen, besetzt mit Kriminalern auf der Pirsch.

Hantsch atmete tief durch. Er musste es wagen, wollte er zum Stollen. Am besten sofort, denn er war spät dran. Er stieg in die Pedale und zischte los. Die Spaziergänger hatte er schnell hinter sich gelassen, aber als er den Wendehammer für den Shuttlebus erblickte, wusste er, dass ihm der Weg in den Stollen versperrt sein würde.

Zwei zivile Pkw standen dort und an einem lehnte der verrückte Kommissar. Hantsch erkannte ihn sofort an der blauen Wollmütze. Zum Glück spähte Triller in eine andere Richtung.

Hantsch riss den Lenker herum und fuhr zurück. Dabei hielt er sich dicht am Straßenrand, weil er hoffte, die Krümmung der Kurve würde ihn aus dem Sichtbereich halten.

Zu seiner Linken tauchte die Einmündung eines wenig benutzten Weges auf und Hantsch erinnerte sich, dass dieser zu einem Einstieg in den Stollen führte, der als Notausgang erhalten worden war. Kurz entschlossen strampelte er in die üppig mit Gras bewachsene Fahrspur. Dichter Nadelwald verwandelte den Weg in eine dunkle Röhre.

Hantsch musste sich mühen, denn das Grünzeug bremste sein Vorankommen. Als es dann noch steil wurde, stieg er ab und verlegte sich aufs Schieben.

Schier endlose Meter später ragte vor ihm der bemooste Felshang auf, der den Notausgang beherbergte.

Keine Polizei, stellte Hantsch erleichtert fest. Nicht verwunderlich, denn der Rettungsweg war noch nie benötigt worden, soweit er sich erinnern konnte. Er wurde nur einmal jährlich auf seine Funktion geprüft und entzog sich daher der allgemeinen Aufmerksamkeit. Zum ersten Mal war Hantsch froh, dass etwas seinem Drang zur allumfassenden Beschilderung entgangen war.

Eine fleckige Stahltür verschloss den Zugang. Nur von Innen war sie einfach zu öffnen. Wer von außen hineinwollte, brauchte einen Schlüssel.

Hantsch zog den Schlüsselbund heraus, den er brauchte, um an sein Geheimversteck zu gelangen. Er hoffte, dass er sich richtig erinnerte und der Zugang zum hinteren Teil des Stollens mit demselben Schlüssel geöffnet werden konnte wie dieser Gang ins Freie.

Einstecken ließ das glänzende Metall sich, aber nicht richtig drehen. Hantsch ruckelte fluchend und stocherte wild im Schloss, bis die Schließzunge endlich zurückgezogen wurde und er die Tür öffnen konnte.

Er musste sich unbedingt eine geistige Notiz machen, dass jemand von den *Grün Bad Gruntz*-Technikern sich darum kümmern müsse.

Sollte er das Fahrrad anketten? Sicherungen waren fummelig und kosteten Zeit, wie er gerade selbst erlebt hatte. Möglich war immerhin, dass er später eilig wegmusste. Andererseits wäre es katastrophal, käme gerade an diesem Tag ein unehrlicher Mensch vorbei, der vor einem Gelegenheitsdiebstahl nicht zurückschreckte.

Eine Lösung erschien Hantsch geradezu genial. Er zog das Fahrrad in die Stollenöffnung, sodass es mit dem Lenker zum Ausgang zeigte. Dann zog er die Tür hinter sich zu.

Schlagartig wurde es stockfinster. Ein paar Meter tastete er sich an den feuchten und kühlen Wänden entlang, damit die Augen sich anpassten. Besser wurde es aber kaum.

Er holte sein Handy hervor. Gerade noch rechtzeitig. Vor ihm lag eine Stahltreppe, die hinabführte. Im Schein des Displays trat er auf die oberste Stufe.

Licht flammte auf.

Hantsch schrie und duckte sich. Nichts geschah.

Er öffnete vorsichtig die Augen. Das Neonlicht schmerzte. An der Decke über der untersten Stufe hing ein Bewegungsmelder, der allerdings für Hinausstürmende gedacht war.

Spinnen huschten in dunkle Ecken. Hastig zog Hantsch die Hand vom Felsen weg. Er umfasste das Geländer und stieg langsam hinunter. Die Stahlroste der Stufen begleiteten seine Tritte mit metallischem Klang und er mühte sich, möglichst leise zu sein.

Der Notausgang mündete in den Hauptstollen. Zum Berg hin verschloss eine Gittertür den Weg in lichtlose Tiefen. Kalt war es hier und Hantsch überkam ein Bibbern.

Die Notausgangsbeleuchtung begleitete ihn so weit in Richtung Heilstollen, bis der nächste Bewegungsmelder ansprach. Mehrmals drehte sich Hantsch um, weil er meinte, hinter sich Schritte zu vernehmen. Das musste ein Echo sein, sagte er sich immer wieder.

Nach etwa sechzig Metern und zwei weiteren Bewegungsmeldern erreichte er die nächste Stahltür. Wie der Ausgang war sie im Fußbereich von einem Lüftungsgitter durchbrochen.

Hantsch glaubte, Stimmen zu hören. Er bückte sich und brachte sein Ohr dicht an die Öffnung.

Tatsächlich, da sprachen Menschen. Leise zwar, sodass er nichts verstand, aber es handelte sich eindeutig um ein Gespräch mehrerer Personen.

Hantsch ärgerte sich, dass er sich nie die Mühe gemacht hatte, diesen hinteren Teil des Heilstollens genauer unter die Lupe zu nehmen. Denn so wusste er nicht, ob er unbemerkt die Tür öffnen konnte oder ob er aus dem Stollen zu sehen wäre.

Hantsch überlegte hin und her, aber er musste es wagen, denn sein potenzielles Vermögen in Form des weißen Pulvers war dahinter verborgen.

Er schob den Generalschlüssel ins Schloss und drehte ihn ganz langsam. Ein leises Klacken verriet, dass diesmal keine technischen Hemmnisse auftraten.

Behutsam zog Hantsch am Griff. Ein dezentes Knarren begleitete die Entstehung eines Türspaltes. Die Stimmen wurden sofort deutlicher. Eine davon stach Hantsch besonders ins Ohr, denn sie gehörte einem Toten.

Mit angehaltenem Atem spähte Hantsch einäugig durch den Spalt. Er konnte zwar den oberen Teil der Gittertür sehen, die den Publikumsbereich abtrennte, aber die Form des Raums dazwischen und eine Batterie von Blechspinten verbargen, wer da sprach.

Knarren hin oder her, Hantsch schob sich durch die Tür,

ging hinter den Spinten in die Hocke und linste um die Ecke. Jetzt hatte er die Szenerie im Blick.

Der Stollen bildete an diesem Ende eine muschelförmige Kammer. In zwei Halbkreisen waren Liegen aufgebaut, auf denen es sich einige Personen unter Schlafsäcken bequem gemacht hatten.

Hantsch sah Sprinkler, daneben Sonja, auch Jensen und Anna waren da. Ihnen gegenüber lagen Frau Meier, Sebastian, ein unbekannter Mann und der mit der Stimme des Toten. Von Hantschs Standpunkt aus war er nur im Halbprofil zu erkennen. Außerdem trug er eine grüne Pudelmütze. Trotzdem, die frappierende Ähnlichkeit und die Stimme ließen nur den Schluss zu, dass Dr. h. c. Albrecht Gieseking auferstanden war.

Hantsch stöhnte leise und fragte sich, wie das sein konnte. Wie hatte der Chef das gemacht? Sein Verdacht fiel fast automatisch auf Sonja und Jensen. Es lag nahe, dass die drei unter einer Decke steckten.

Vor Aufregung und Kälte klapperte Hantsch mit den Zähnen. Die Diskussion war allerdings so laut, dass er mühelos übertönt wurde.

»Der Rotzlöffel hat keine Ahnung!« Das war Jensen.

»Wenn Sebastian sagt, dass das kein Kokain ist, dann ist es keines, verstanden?«, erwiderte Frau Meier energisch.

»Sie wollen uns den Schnee einfach so abluchsen.« Das war Anna.

»So ein billiger Strandräubertrick, da hat die Lütte recht.« Wieder Jensen.

»Passt auf, was ihr sagt, sonst wird's euch noch leidtun«, sagte der Fremde neben Sebastian. Zu Hantschs Erschrecken zog er eine Schachtel Zigaretten hervor und steckte sich eine an.

»Nicht hier!«, zischte Gieseking. »Gleich rückt uns der Kurarzt auf die Pelle.«

»Der kann mich mal«, knurrte der Raucher.

»Wenn ich das richtig sehe, bin ich also der Einzige, der eine echte Probe vorgezeigt hat«, sagte Sprinkler, Befriedigung in der Stimme.

»Nein, Sie waren nicht der Einzige«, sagte Frau Meier. »Aber diese ganze Versammlung hier gefällt mir immer weniger. Echte Proben habe ich zwei bekommen, aber jetzt wollen Sie mir einfach weißes Pulver andrehen. Sie haben Weizenmehl dabei und Sie irgendetwas anderes, aber keine valide Ware. Wollen Sie sich alle einen Scherz mit mir erlauben? Das möchte ich Ihnen nicht raten.«

»Einen Scherz? Mir ist das sehr ernst. Ich habe gesehen, wie die Jugendlichen davon genommen haben und wie es gewirkt hat«, meinte Gieseking mit seiner Chefstimme.

Anna lachte lauthals auf. »Quatsch, die waren besoffen. Das Pulver hat voll geschäumt und da ist denen bloß krass die Luft weggeblieben. Aber das kann so ein alter Sack wie du nicht wissen.«

»Also«, sagte Frau Meier zu Sprinkler, »Sie haben keinen Stoff hier, sondern nur diese Probe. Das ist schlecht. Das, was Sie da haben, Anna, ist Weizenmehl und nicht der Stoff, den Sebastian in Hannover geprüft hat. Und Sie«, sie blickte Gieseking an, »haben sich noch ins Geschäft drängeln wollen, können aber bloß komisches Pulver vorweisen. Einer fehlt nun noch, ich frage mich bloß, wo er bleibt.«

»Wo wer bleibt?«, fragte Sonja mit lauerndem Unterton.

»Herr Hantsch«, sagte Frau Meier.

Gieseking, Jensen und Sonja schossen halb von ihren Liegen hoch. Ein mehrstimmiges »Was?« ertönte.

»Das heißt *Wie bitte?*«, sagte Hantsch reflexartig.

»Wer war das?«

Köpfe drehten sich. Der Raucher warf Zigarette und Schlafsack ab und sprang mit gezogener Pistole auf. »Das kam doch von da!«, rief er und deutete zur Gittertür.

»Ich denke, es ist besser, wenn wir gehen. Bitte helfen Sie mir auf«, sagte Meier zu Sebastian, der sofort neben ihr stand.

»Moment«, rief Jensen, »was ist mit unserem Geschäft?«

»Lass gut sein, Petter«, meinte Sonja. »Das wird heute nix mehr. Ich glaube, wir müssen uns den Dummkopf gründlich vornehmen.«

Gieseking sprang ebenfalls auf. »Halt! Das ist mein Laden hier und da wird genau das gemacht, was ich für richtig halte.«

Dass der Chef eine bollerige, grüne Latzhose trug, fand Hantsch besonders irritierend. Geradezu geschmacklos, aber auch prophetisch. Das könnte Giesekings zukünftiger Platz sein, der Anzug eines Chefs gebührte ihm, Hantsch.

»Nein«, sagte er laut, »das ist jetzt mein Laden hier und aus diesem Grund …«

»Polizei! Hände hoch und keine Bewegung!« In der Einmündung des Stollens zur Kammer waren bewaffnete Kriminalpolizisten und Uniformierte aufgetaucht.

Hantsch erkannte Kommissarin Blumenthal und etwas weiter hinten auch Triller. Er drückte sich in die Ecke hinter den Spinten und versuchte, wie ein Stück graues Blech auszusehen.

In der Kammer wurde ein bisschen gerempelt und geschubst, Liegen wurden mit Fußtritten durch die Gegend bewegt und alle Anwesenden auf Waffen abgesucht. Vorläufige Festnahmen und lautstarke Beschwerden wurden ausgesprochen.

Dazwischen stand kopfschüttelnd der Kurarzt, die Hände in die Hüften gestemmt. »Die haben geraucht! Hier! In meinem Heilstollen, der für seine reine, saubere Luft bekannt ist! Herr Gieseking, wie konnten Sie das zulassen?«

»War 'ne Mentholzigarette«, sagte der Raucher.

»Glauben Sie etwa auch an den Blödsinn, das sei nicht so schädlich? Eher gesund und gut für die Atemwege? Verboten müsste das werden!«, schrie der Kurarzt weinerlich.

Die Beamten kümmerten sich nicht um sein Geschrei. Aus einer Sporttasche, die Anna gehörte, wie Hantsch sich zu erinnern glaubte, beförderten sie einen Feuerlöscher ans

Licht. Ein zweiter war unter Giesekings Liege zum Vorschein gekommen. Ein dritter fand sich unter Sonjas Liege.

»Aha«, ließ sich Triller vernehmen, der sich ebenfalls in die Kammer gedrängelt hatte. »Da haben wir ja was. Wo ist Hantsch?«

Hantsch quetschte sich noch fester in seine Nische.

»Du meinst den Langen? Der ist nicht hier«, antwortete Kommissarin Blumenthal. »Ehrlich gesagt, bin ich darüber froh. Sein überflüssiges Gequatsche vermisse ich wirklich nicht.«

Das zu hören, verschaffte Hantsch ein schmerzhaftes Ziehen in der Brust. Er fühlte sich betrogen.

Triller hob die Stimme. »Aber das stinkt doch zum Himmel! Warum treffen die sich hier? Wir haben drei Feuerlöscher mit verdächtigem Inhalt und mit all dem soll Hantsch nichts zu tun haben? Ich bin lange genug Polizist gewesen und für Märchen zu alt.«

»Weshalb bist du so hinter ihm her? Das ist doch etwas Persönliches, gib es zu. Ich meine, warum hast du so viel drangesetzt, dass du uns hier bei den Ermittlungen unterstützen kannst? Das ist nicht normal.«

»Ich lasse mich nicht gern verarschen. Du etwa? Und warum ist der Kerl abgehauen? Der hatte was vor!«

»Vielleicht wollte er nur bei dem Rennen mitfahren. Ein super Bike hatte er ja dafür«, meinte Blumenthal beiläufig. »Tatsache ist, Hantsch ist nicht hier. Wir nehmen jetzt alle und alles mit. Die Kammer sperren wir, dann können wir sie später bei Bedarf noch mal gründlich absuchen. Auf geht's.«

Hantsch wartete, bis Schritte und Stimmengewirr verstummt waren. Nach dem langen Zusammenkauern in der Kälte schmerzte das Auseinanderfalten seiner Extremitäten.

Schnaufend bückte er sich zu der Werkzeugkiste aus Aluminium, die hier für Wartungsarbeiten bereitstand. Ein Schlüssel für das Vorhängeschloss befand sich am Schlüsselbund.

Er öffnete die Kiste und holte eine prall gefüllte Plastiktüte heraus. Sie war zugebunden und der Knoten mit Klebeband gesichert. *Bleib hungrig auf Neues* konnte er von der Wölbung der Seitenwand ablesen.

Nun war er froh darüber, dass er den Schnee aus dem Löscher genommen und hier versteckt hatte. Beim Abtransport entfiel so das nicht unbeträchtliche Gewicht des Behälters. Außerdem war es inzwischen unauffälliger, ohne Feuerlöscher unterwegs zu sein.

»Das ist doch … Stehen bleiben, Polizei!«, brüllte es in seinem Rücken.

Hantsch zuckte herum, sah Triller auf das Gitter zukommen und ergriff die Flucht. Die Türen Richtung Notausgang konnte er ohne Schlüssel durchqueren. Er sprintete los, begleitet von aufflackernden Neonröhren. Hinter sich hörte er zuschlagende Stahltüren und hämmernde Schritte.

»Stehen bleiben oder ich schieße! Hantsch, Sie sind vorläufig festgenommen …«

Hantsch hielt es für höchst ungeschickt, der Aufforderung nachzukommen. Mit wenigen Sätzen erklomm er die Treppe, schnappte sein Fahrrad und stürmte damit ins Freie. Ein paar Meter rannte er noch weiter, wagte es nicht aufzuspringen, solange er die Tüte tragen musste. Aber er kam zu langsam voran. Also blieb er stehen und klemmte das Koks hastig auf den Gepäckträger.

Die Notausgangstür wurde hinter ihm aufgerissen und Triller kam schreiend heraus. Hantsch sprang in den Sattel und stemmte sich in die Pedale. Doch er rutschte ab. Mit dem Schritt schlug er hart auf den Sattel auf. Ein Schmerzensschrei. Triller war höchstens noch eine Armlänge entfernt, als Hantsch endlich richtig ins Rollen kam.

»Stehen bleiben oder ich schieße«, schrie der Hauptkommissar noch mal.

Hantsch nutzte das Gefälle und schaltete in den höchsten Gang.

Ein Schuss donnerte. Der Hall wurde von den Bäumen vielfach zurückgeworfen. Hantsch duckte sich tief über den Lenker. Ein zweiter Schuss knallte, deutlich leiser.

Hantsch drehte sich um. Er hatte eine Biegung hinter sich gelassen und Triller war nicht mehr zu sehen.

*

Anna zeterte unentwegt. Behauptete, sie sei zufällig im Heilstollen gelandet und habe mit der Gruppe nichts zu tun. Den Feuerlöscher habe sie nur dabeigehabt, weil sie vergessen habe, ihn aus der Tasche zu nehmen. Ob es denn neuerdings verboten sei, einen Feuerlöscher mit sich herumzutragen?

Zuerst wurde sie von den versoffenen Naturheilern unterstützt. Der unrasierte, kleine Typ bekräftigte mehrfach, es sei aus spirituellen Gründen gesund, stets einen Feuerlöscher mitzuführen. Bei ihm klang es so, als verschlucke er beim Sprechen das erste I im Wort spirituell. Die Heilslehre heiße das Löschen jeglichen Brandes uneingeschränkt gut, brabbelte er weiter.

Der Latzhosentyp, der kein anderer als König Üblich war, fixierte Anna böse und behauptete wiederholt, niemand dürfe auf das Gerede dieser unreifen Göre achten. Er wolle obendrein klarstellen, dass er keinen Feuerlöscher mit in den Stollen genommen habe. Wer den roten Behälter unter seiner Liege deponiert habe, wisse er nicht. Die Polizei solle sich gefälligst nicht anmaßen, seine Geschäftskontakte infrage zu stellen. Davon verstehe er als Verwaltungschef mehr als Kriminalbeamte. Er sei auch keineswegs spurlos verschwunden, sondern habe eine mehrtägige Geschäftsreise unternommen, deren Ziel und Zweck er aus unternehmenspolitischen Gründen für sich behalten habe. Dass er eine Latzhose trage, ginge niemanden etwas an. Latzhosen seien jedoch Arbeitskleidung im weitesten Sinne, das wolle er zu bedenken geben, und er arbeite unentwegt.

Anna verwies immer wieder darauf, dass dieser Typ voll log.

Das Innere des blau-grauen Mannschaftstransporters war solchermaßen von Redegewirr erfüllt, dass sich die Fahrerin und die begleitende Kommissarin mehrfach lautstark Ruhe ausbaten.

Die Kommissarin beharrte darauf, dass sich in der Dienststelle alles klären werde und jeder, der unschuldig sei, nichts zu befürchten habe. Glauben mochte ihr anscheinend niemand schenken. Außer vielleicht Frau Meier und Sebastian. Die beiden sprachen kein Wort. Der Pistolenmann war in Handschellen gesteckt worden und hatte in einem Zivilfahrzeug Platz nehmen müssen.

Der Transporter rollte langsam auf die Bundesstraße zu. Die Sonne hatte sich hinter Wolkenschleier zurückgezogen und ein leichter Wind trieb bunte Blätter durch den Wald und über den Asphalt.

Anna spürte, dass all ihr Reden nichts half. Sie würde mit auf die Wache kommen müssen und wenn es hart auf hart käme, würde sie mit den Anschuldigungen des Latzhosentypen konfrontiert werden.

Linker Hand öffnete sich die Phalanx der Nadelbäume und gab den Blick auf einen grünen Fahrweg frei. Ein Radler sauste gerade auf die Straße zu.

»Hantsch!«, schrie Anna überrascht.

Ein vielstimmiges Echo der anderen Festgenommenen folgte.

Die Fahrerin trat heftig auf die Bremse.

Der Radler zischte mit unvermindertem Tempo auf die Straße. Ohne die schnelle Reaktion der Fahrerin hätte es durchaus zu einer Kollision kommen können.

Anna reckte den Kopf und sah, wie Hantsch, tief über den Lenker gebeugt, mit aller Kraft beschleunigte. Auf dem Gepäckträger klemmte nachlässig eine gefüllte Einkaufstüte. Der Abstand zwischen dem Polizeitransporter und dem Rad wurde rapide größer.

»Stopp!«, rief die Kommissarin, als die Fahrerin gerade wieder Gas geben wollte.

Anna sah den blau bemützten Beamten, der die Festnahme im Heilstollen mit unzufriedenen Bemerkungen begleitet hatte, aus dem Waldweg auf die Straße rennen. Offenbar verfolgte er Hantsch, war zu Fuß jedoch chancenlos.

Er fuchtelte mit den Armen Richtung Transporter und schrie: »Hinterher! Lasst ihn nicht abhauen! Er hat den Stoff!«

Die Fahrerin blickte kurz zur Kommissarin, die ihr zunickte. Weiter ging es.

An der Einmündung zur Harzhochstraße kam Hantsch wieder in Sicht. Anna hielt den Atem an, als sie sah, wie dieser Verwaltungslangeweiler wie ein Stuntman den dichten Verkehr kreuzte, quer über die Bundesstraße raste und gegenüber in einem Waldweg verschwand.

»Scheiße«, sagte die Kommissarin.

Eine Minute später sauste der Kommissar am Transporter vorbei, unter sich ein Fahrrad, das er sich von irgendeinem Radler besorgt haben musste. Sein Manöver der Straßenquerung geriet ihm aus den Fugen. Knapp entkam er einer Stoßstange, die nur durch eine Vollbremsung gezügelt wurde. Unmittelbar darauf quietschte jede Menge Gummi und Blech krachte in Blech. Auf der zweiten Fahrbahn musste der Kommissar in höchster Not einen halsbrecherischen Schwenk hinlegen, der ihn den Zugang zum Weg gegenüber verpassen ließ. Er verschwand samt Fahrrad im Straßengraben daneben.

Im Transporter wurde allgemein die Luft angehalten, bis der Kriminalbeamte wieder hochgekrabbelt kam. Er zog das Fahrrad heraus, warf einen kurzen Blick auf die ineinander verbissenen Fahrzeuge, saß auf und strampelte davon.

»Ach du Scheiße«, murmelte Anna.

»Das können Sie laut sagen«, meinte die Kommissarin seufzend und nahm ihr Handy ans Ohr.

*

Hantsch musste langsamer fahren. Das hatte mehrere Gründe. Der Weg, den er gewählt hatte, damit er nicht mit einem Auto verfolgt werden konnte, war nicht nur schmal, sondern auch schrecklich uneben. Ein anderer Grund war seine fehlende Kondition. Hintern und Oberschenkel schmerzten und er wusste nicht, wo er hinsollte.

Bei ihm zu Hause würde sicher die Polizei warten, das verbot sich also, solange er die Tüte mit dem Schnee dabeihatte. Bloß wohin damit? Eigentlich war er fest davon ausgegangen, dass er mit einem Jutebeutel voller Geld in den Nachmittag starten würde. Befreit vom weißen Pulver und den damit verbundenen Kalamitäten.

Ein anderes Problem stellte seine dringend erforderliche Anwesenheit bei der feierlichen Eröffnung des Üblich-Hauses dar. Jetzt, wo der Chef offenbar doch nicht richtig dahingeschieden war, galt es für Hantsch einmal mehr, seine Stellung zu festigen. Er musste Gieseking um jeden Preis ausstechen, und solange der noch sein Verschwinden erklären musste, standen Hantschs Chancen dafür am besten. Alle Welt würde erkennen, dass er die bessere Besetzung auf dem Chefsessel war.

Überhaupt, was würden die Festgenommenen über ihn erzählen? Dass sie mit ihm Rauschgiftgeschäfte tätigen wollten doch wohl kaum. Zumindest hoffte Hantsch das inständig.

Solchermaßen in Gedanken verstrickt, verfing er sich in Brombeerranken, die den Weg unautorisiert verengten.

Leise schimpfend, zupfte er Dornen aus seiner Hose, zerkratzte sich dabei die Hände und verhakte sich mit den Ärmeln. Er brauchte geraume Zeit, um sich aus den Ranken zu lösen, ohne dass die ihre Zähne in die Reifen schlugen. An die Gefährdung der Plastiktüte dachte er erst zum Schluss. Erschrocken blickte er nach hinten.

Es sah so aus, als sei sie unbeschädigt geblieben. Hantsch atmete auf. Dieser Vorfall machte ihm aber klar, dass er den Schnee so bald als möglich loswerden musste.

Ein Versteck im Wald, das er wiederfinden konnte, war das Einzige, was ihm einfiel. Also musste er eine charakteristische Stelle an einer Weggabelung oder einem Naturmonument finden. Regensicher sollte das Versteck ebenfalls sein, denn der Wetterumschwung stand unmittelbar bevor.

Vorsichtig setzte Hantsch sich wieder in Bewegung und hielt Ausschau.

Der Pfad, auf dem er sich befand, war auf beiden Seiten mit mehr oder weniger undurchdringlichem Gestrüpp gesäumt. Dort etwas verstecken zu wollen, befand er im Gedenken an dornige Ranken für unpassend.

Der Pfad mündete in einen geräumigen Waldweg, der sanft bergab führte. Hantsch hielt ihn für einen Saumweg des Schlurfberges, war sich aber dessen nicht sicher. Er spähte und lauschte in beide Richtungen und entschied sich für das Gefälle.

Trockenes Laub knisterte unter den Reifen und es roch erdig. Er ließ das Rad zügig durch eine weit geschwungene Kurve rollen und erschrak. Etliche Meter vor ihm fuhr eine bemützte Gestalt auf einem Rad ebenfalls bergab.

Hantsch bremste sofort ab. Leider war der Weg ziemlich gerade und über eine längere Strecke gut einsehbar. Er überlegte, wie er sich aus der Affäre ziehen konnte.

In diesem Moment überrollte er einen morschen, etwa fingerdicken Ast.

Das Holz zerbrach mit einem lauten Knacken. Ein Ende schnellte hoch und schlug klingend in die Speichen.

Der Radfahrer vor ihm drehte sich herum. Natürlich war es der verrückte Kommissar.

»Hantsch! Stehen bleiben! Sie sind vorläufig festgenommen«, brüllte der Beamte. Dabei wendete er sein Rad.

Hantsch tat es ihm gleich, schaltete herunter und erhob sich aus dem Sattel. Nach wenigen Metern schrien seine Muskeln nach Kapitulation.

Er drehte den Kopf und sah den Kommissar schnell nahen.

Triller verzichtete nun auf Geschrei, sicher verlegte er seine ganze Puste ins Vorankommen.

Hantsch tat, was er konnte, aber als er sich wieder umsah, wurde ihm klar, dass er unweigerlich eingeholt werden würde. Der Kommissar war bis auf eine gute Radlänge an ihn herangelangt.

Hantsch riss den Lenker herum, stützte sich mit einem langen Bein auf dem Boden ab, um nicht umzukippen, und schaltete dabei hoch.

Im nächsten Augenblick hatte er die Kehrtwende vollzogen und zischte dicht am verdutzten Kommissar vorbei. Dabei rammte er ihn mit der Schulter und brachte ihn aus dem Gleichgewicht.

Während Hantsch Fahrt aufnahm, sah er kurz zurück. Hauptkommissar Triller war von den Pedalen gerutscht und mühte sich ebenfalls, sein Rad zu wenden. Hantschs Vorsprung war beträchtlich gewachsen und er nahm immer weiter Tempo auf.

Er musste höllisch aufpassen, größeren Steinen und Ästen auszuweichen. Gleichzeitig war der Weg von ausgetrockneten Regenwasserrinnen durchzogen, von denen manche ernsthafte Hindernisse darstellten. Der Fahrtwind trieb ihm Tränen in die Augenwinkel, was das Lenken nicht einfacher machte.

Nach einem halben Dutzend Kurven wusste Hantsch auch ohne Schilder, dass der Weg in der Lindenallee unterhalb des Bad Gruntzer Friedhofs enden würde. Wie er sich dort dem Polizeizugriff entziehen wollte, blieb eine offene Frage.

In die vorletzte Kurve fuhr er viel zu schnell ein. Massen frischen Laubs bildeten eine fluffige Schicht. Das Hinterrad rutschte unter ihm weg und er schlitterte bis zum äußeren Wegesrand.

Gerade als er das Bein, mit dem er ungewollt durch die Blätter gerutscht war, unter dem Rad herausziehen wollte, brauste der Kommissar heran.

Triller schrie, es knirschte und knackte, etwas knallte hart gegen Hantschs Rad und der Kommissar flog über ihn hinweg. Er rollte überschlagend ins Unterholz jenseits des Wegs und Hantsch verlor ihn aus den Augen.

Mühsam arbeitete er sich unter beiden Drahteseln hervor. Deformierte Laufräder und verdrehte Lenker ragten in die Höhe. Seine Beine wollten ihm nicht so recht gehorchen und er wusste nicht, ob er sich verletzt hatte oder ob bloß der Schock ihn lähmte. Hantsch schüttelte sich und blickte sich um.

Vom Kommissar war nichts zu sehen und zu hören. Ein abschüssiger Hang zog sich dort, wo der Beamte verschwunden war, bis zur Lindenallee hinunter. Von irgendwo her brummten Gartengeräte.

Hantsch schob das Rad des Kommissars zur Seite und löste die Tüte mit dem Schnee von seinem Gepäckträger. Dann humpelte er los, so gut es ging. Er nahm einen Trampelpfad, der den Weg zur Straße abkürzte.

Mehrere Latzhosenträger von *Grün Bad Gruntz* häuften dort mit ihren Laubbläsern große, leuchtend gelbe Lindenblätter zu einem lang gestreckten Wall auf. Hantsch hastete an ihnen vorbei.

»Halt! Polizei, haltet ihn fest«, übertönte die Stimme des Kommissars die Laubbläser.

Hantsch drehte sich um.

Triller, geschmückt mit Ästen und Blättern, hinkte hinter ihm her. Die blaue Wollmütze war verschwunden und das Ende eines ehemals weißen Kopfverbands flatterte um ihn herum.

Schon lange hatte Hantsch niemand mehr so genervt. Dieser Mensch war ja tatsächlich noch schlimmer als seine Frau Mutter.

Hantschs Blick fiel zu Boden und er bemerkte eine weiße Spur, die sich hinter ihm durch das Laub zog. Jetzt wurde ihm zudem klar, dass die Tüte leichter geworden war. Er hob sie ein Stück an und erkannte den Riss, aus dem der Schnee jetzt auf seine Schuhe rieselte.

Der Kommissar war bei einem Arbeiter stehen geblieben. »Polizei! Lassen Sie den Kerl nicht entkommen!«, schrie er den Mann an, der ihn, dick verpackt unter Kappe und Gehörschutz, verständnislos anstarrte.

Der Kommissar fischte ein Handy aus der Jacke. Er tippte darauf herum, hielt es ans Ohr, tippte wieder und warf es schließlich weg. »Hantsch«, schrie er, »bleiben Sie stehen. Ich habe Sie endlich erwischt …«

Hantsch hörte nicht länger zu. Er versuchte, die Tüte zu drehen und anders zu halten, damit das Rieseln aufhörte.

Das war der Moment, in dem das Plastik seine Mitarbeit komplett verweigerte. Die Tüte riss weit auf und ein Schwall Pulver ergoss sich ins tote Laub.

Hantsch starrte mit offenem Mund darauf.

»Kein Problem«, meinte der Stadtgärtner, der am nächsten stand. Er richtete die Blasöffnung auf den Haufen und gab Gas.

Auch die anderen Arbeiter, die kurz innegehalten hatten, pusteten darauf wieder in das gefallene Blattwerk.

»Halt, nein!«, schrie Triller, stolperte vorwärts und warf sich auf den schwindenden Haufen.

Aber es war zu spät. In den Poren des Asphalts hielten sich nur noch kümmerliche weiße Reste neben den üblichen Abfällen aus Papierfetzen und Bonbonverpackungen.

Hantsch ließ die Tüte fallen und auch sie wurde von der warmen Luft in die Höhe getragen. Die rote Seite mit der weißen Aufschrift *Besser Leben* war kurz zu sehen.

Ein staubiges Prickeln reizte Hantschs Nasenschleimhaut. Er unterdrückte mühsam das Niesen.

Dann beugte er sich ein Stück zum Kommissar hinunter und streckte ihm die Hand hin. »Kommen Sie, Herr Triller, ich helfe Ihnen auf.«

Der Beamte schnitt eine Grimasse. Er zog die Beine unter

den Körper und stemmte sich stöhnend ein Stück hoch. »Glauben Sie ja nicht ...«, knurrte er.

Hantsch hielt ihm weiter die Hand hin. Er fand die Situation ziemlich komisch. »Seien Sie kein Frosch«, sagte er und brach in Lachen aus. »Die Eröffnungsfeier beginnt bald. Da quaken wir bei einem Bier und sind wieder gut zueinander.«

Triller nahm die Hand und ließ sich hochziehen. »Früher oder später krieg ich Sie, Sie Ganove, denn ich bin der beste Hauptkommissar weit und breit«, meinte er und erlitt ebenfalls einen Lachanfall.

»Sie haben sich wohl ein Beispiel an mir genommen und selbst befördert«, sagte Hantsch und krümmte sich vor Lachen. Der Kommissar tat es ihm gleich.

Auch die Stadtgärtner wurden offenbar von Übermut gepackt. Ein paar versuchten, sich gegenseitig die Hosenbeine flattern zu lassen, andere bemühten sich, das Laub wieder auf die Bäume zu blasen. Sie trieben so viele Blätter wie möglich in die Luft. Ein Windstoß entriss ihnen einen Gutteil davon und trug ihn Richtung Kurpark.

*

»Wie sind Sie bloß auf all diese Reime gekommen?«, wollte Klein von Hantsch wissen. »Üblich, betrüblich, jetzt üb ich, zügig ... Ich hätte nicht gedacht, dass es so viele Reime auf Üblich gibt.«

Hantsch zuckte mit den Schultern. Er wusste es selbst nicht. Die Ansprache zur Eröffnung des Üblich-Hauses hatte er unvorbereitet gehalten, denn sein Redekonzept hatte er heute irgendwo unterwegs verloren. Nachdem er einmal mit einem Reim begonnen hatte, drängten die anderen unaufhaltsam nach.

Beim Publikum war das hevorragend angekommen. Schenkelklopfend lauschten sie seiner Rede und mischten sich mit launigen Zwischenrufen ein.

Die Kurgäste und Besucher waren bester Stimmung. Quer durch den Park zog sich eine lärmende Polonaise, die selbst vor dem Becken der Wasserspiele nicht haltmachte.

Auf dem gepflasterten Vorplatz dienten vor überschäumender Begeisterung den älteren Herrschaften Rollatoren als Autoscooter. Die Luft war erfüllt von dem metallischen Scheppern, das die Karambolagen erzeugten. Dass manchmal auch ein Schienbein Unbeteiligter gerammt wurde, nahmen die Getroffenen lachend hin.

Andere Gäste schunkelten auf den Bierbänken oder lagen, wo sie ermattet hingesunken waren. Allerlei Lieder wurden angestimmt und gelegentlich setzte sich sogar das Klangwerk des *Musikzugs Taubeohrn* durch. Dass es kühl und windig geworden war, störte anscheinend niemanden im Geringsten.

Hantschs Schultern schmerzten, so häufig hatten ihm Menschen daraufgeklopft. Und es waren beileibe nicht nur Fremde, sondern auch nahezu die gesamte Belegschaft der Kurverwaltung. Sogar Klein hatte Kreide gefressen und wanzte sich an.

Selbst der peinliche Moment, als der Brockenkletterer gegen alle Absprachen anbot, eine Nacktwandergruppe zum Brocken zu führen, hatte bei Hantsch keine tieferen Spuren hinterlassen. Ganz im Gegenteil, da in der sich bildenden Gruppe auch ein paar Damen dabei waren, hatte er den einen oder anderen Blick riskiert. Seine Mutter konnte ihn schließlich nicht mehr davon abhalten.

Es war schon recht spät, als das Aufnahmeteam vom Regionalfernsehen auf ihn zustürmte.

»Herr Hantsch, Herr Hantsch, bitte ein paar Worte für unsere Zuschauer«, rief die Redakteurin, eine junge Brünette in hohen, schwarzen Stiefeln.

Ein Mann mit Kamera und ein anderer mit Püschelmikrofon hatten Mühe, mit ihr Schritt zu halten.

»Die Feierlichkeiten kommen ja extrem gut an«, sagte die

Brünette. »Wenn man sich so umschaut, könnte man glauben, Sie hätten hier in Bad Gruntz einen Jungbrunnen eröffnet. Wie erklären Sie sich die gute Stimmung?«

»Gleichwie ich es nicht sagen kann, so bleibt mir doch Gewissheit dran, dass Bad Gruntz Freude reich verleiht und Missmutigkeit rasch vertreibt«, erwiderte Hantsch.

Die Redakteurin schüttelte sich vor Lachen. »Sie sind ja erst seit Kurzem Interimschef der Verwaltung, wie wir erfahren haben. Aber anscheinend hätte Bad Gruntz keine bessere Galionsfigur für einen lebendigen und fröhlichen Kurbetrieb finden können. Wo sehen Sie denn die Schwerpunkte Ihrer Arbeit?«

»Ich baute auf sechs Kilo Gewicht, doch es ist mir jüngst entflicht«, murmelte Hantsch.

»Was?«

»Das heißt *Wie bitte?*«, sagte Hantsch abwesend. Er blickte sich dauernd um auf der Suche nach der Polizei. Aber noch nicht mal Triller war zu sehen.

»Ja, natürlich«, sagte die Redakteurin. »Aber irgendetwas Besonderes müssen Sie doch in die Wege geleitet haben, um Bad Gruntz attraktiver zu machen.«

»Die besondere Luft«, meinte Hantsch. »Die finden Sie nicht überall.«

»Wirklich neu ist diese Luft ja nicht …«

»Doch, doch«, meinte Hantsch, »es weht ein frischer Wind.«

Der Redakteurin wollte sich mit dieser Aussage nicht zufriedengeben. »Aber doch scheint Bad Gruntz nun mit etwas wirklich Besonderem aufzuwarten. Haben Sie dafür eine Erklärung?«

»Schilder«, antwortete Hantsch.

»Was? Ähm, wie bitte?«

»Wir haben mit einem neuen und innovativen Konzept der Beschilderung begonnen. Jeder Mensch soll sich jederzeit bestens orientieren können. Egal ob Sie Durst haben, eine Toilette suchen oder eine freie Sitzbank. Elektronische

Zählwerke sagen Ihnen, wo Sie etwas finden oder bestellen können …«

Hantsch hielt inne. Am Rand des Platzes war ein Polizeitransporter vorgefahren. Die Seitentür wurde geöffnet und Annas bunter Schopf tauchte auf. Dann kletterten Sonja, Jensen, Sebastian und Frau Meier aus dem Wagen. Kommissarin Blumenthal stieg ebenfalls aus. Sie wirkten alle recht entspannt. Hantsch fragte sich, ob die Verdächtigen entlassen worden waren.

»Ich muss mich entscheiden«, sagte er nachdenklich.

»Wofür müssen Sie sich entscheiden?«, wollte die Redakteurin wissen.

»Das kann ich Ihnen nicht verraten«, meinte Hantsch. »Persönliche und romantische Themen eignen sich nicht für das Regionalfernsehen.«

»Das ist ein wunderbares Thema für unsere Zuschauer«, sagte die Redakteurin prompt und mit einem lüsternen Unterton.

»Sind Sie sicher, dass die etwas davon verstehen?«, fragte er.

»Bestimmt«, lautete die Antwort.

»Nun gut. Wie kommt der Rittmeister in den Sattel? Und welchen soll er sich erwählen?«

»Was?«

»Das heißt *Wie bitte?*«

Anna drängelte sich hastig durch die Menschen. »Wo ist der Schnee?«, fragte sie schnaufend.

Hantsch sah in den Himmel. »Früher oder später kommt alles herunter. Und wenn nichts mehr nachkommt, sorgen wir für Nachschub. Ich glaube, den Gästen gefällt es.«

»Was?«, fragte Anna mit hochgezogenen Brauen.

»Das heißt *Wie bitte*?«, murmelte Hantsch.

»Wollen Sie mit Schneekanonen arbeiten, wenn es nicht genügend schneit?«, fragte die Brünette.

»Dazu werde ich Fachberatung benötigen. Ich glaube, ich habe nicht das richtige Gespür für Schnee«, entgegnete

Hantsch. »Am besten implementieren wir eine Taskforce.« Er sah zum Polizeitransporter hinüber. »Die Gelegenheit ist günstig. Wir haben zurzeit hoch qualifizierte und fachlich versierte Interessenvertreter vor Ort.«

Jetzt ist aber Schluss.
Nur noch dies – mein Dank an:

meine Familie, die mich solche Texte verfassen lässt und ungewollt so manche Idee beisteuert,

meine Lektorin Aletta Wieczorek, die mir zeigte, wie der Text noch geschmeidiger wird,

den Grafit Verlag, der sich schon wieder von einer komödiantischen Geschichte mitreißen ließ und alles unternimmt, um aus dem Text ein erfolgreiches Buch zu machen,

den Harz und einen nicht genannten Kurort, der mir das Verulken hoffentlich nicht übel nimmt,

Menschen, Behörden, Institutionen und Namen, die mir Vorbild waren und die ich doch höchst eigenwillig für meinen Text gefügig gemacht habe,

diejenigen, die bis hierher durchgehalten haben. Tolle Leistung, seid stolz, das schaffen nicht alle.

Ria Klug, im Juni 2017

Damit fing alles an ...

Ria Klug

Die Vollpfostenmasche

ISBN 978-3-89425-451-3
Auch als E-Book erhältlich

Nominiert für den ›Friedrich-Glauser-Preis‹!

Zwei Vollpfosten als Helden wider Willen

Tourist Torsten Hantsch findet bei einem seiner Strandspaziergänge auf Amrum einen vom Meer angespülten Feuerlöscher. Dass ein solcher weißes Pulver enthält, ist an sich nichts Ungewöhnliches – wäre es nicht in Portionspäckchen eingeschweißt. Der kauzige Wartungsdienstmitarbeiter Petter Jensen erkennt in dem Koks sofort die Möglichkeit, sein marodes Konto zu sanieren. Doch nicht mit Hantsch! Der Verwaltungsangestellte ist gesetzestreu und traut Jensen keinen Meter über den Weg.

Für Diskussionen bleibt allerdings keine Zeit, denn die Eigentümerin des Löschers taucht auf. Mit mehr Glück als Verstand versucht das ungleiche Duo, ›seinen‹ Löscher zu retten – was einige Menschen mit ihrem Leben bezahlen.

»Das ist Krimi-Komik irgendwo zwischen TATORT *und Tarantino – immer gut geerdet, aber auch nie um einen guten Kalauer verlegen. In der Flut des vermeintlich heiteren Regionalkrimipersonals sind diese beiden Vollpfosten echte Raritäten. Aber Obacht: Es besteht akute Totlach-Gefahr. Das Feuerwerk an Komik, Slapstick und Dialogwitz, das Ria Klug auf der Insel Amrum abbrennt, ist einzigartig!«* Reinhard Jahn, WAZ

»Vor allem aber ist es der Mikrokosmos der Insel, auf der die unfreiwillig komischen Verwicklungen noch skurriler wirken als in einer rauen Großstadt, was, gepaart mit schrägem Humor, Inselcharme und Urlaubsgefühlen, den Krimi zur spannenden Lektüre macht.« Sonya Winterberg, Siegessäule – Das queere Magazin aus Berlin

Spannung mit Groove und Humor

Rainer Wittkamp

Hyänengesang

ISBN 978-3-89425-486-5
Auch als E-Book erhältlich

Martin-Nettelbeck-Krimis:
Ausgezeichnet mit dem ›Krimiblitz‹
und dem ›Krimifuchs‹!

Einst ein gefeierter Schlagerstar mit einem Millionenvermögen, jetzt Alleinunterhalter in Privatinsolvenz: Doch sobald der Restschuldbefreiung stattgegeben wird, will Roman Weiden wieder groß durchstarten … Der Traum zerplatzt.

Maximilian Hollweg war früher in der High Society zu Hause, bis ihn ein Unfall in den Rollstuhl brachte. Nun hat er eine behindertengerechte Penthousewohnung, einen persönlichen Assistenten und ein neues Projekt. Allerdings lassen ihn seine Träume schlecht schlafen.

Kommissar Martin Nettelbeck ist glücklich: Ein langer Urlaub steht bevor. Ein totes Callgirl, ein omanischer Militärattaché und eine Bombe lassen auch seinen Traum zerplatzen.

»Wittkamp hat wilden Humor und böse Ideen, dazu ein Händchen für griffige Szenen und maliziös gezeichnete Figuren.«
Frank Rumpel, Crimemag

»Ein großartiger Krimi mit viel Humor, ohne albern zu sein. Auf jeden Fall lesenswert!« Eva Hüppen, Leserwelt

»Äußerst unterhaltsam und intelligent geschrieben und eine Bereicherung für die deutsche Krimiszene!«
Jutta Viercke-Garcia, ekz Bibliothesservice

»Witzig, spritzig, spannend, gute Story.«
Radio Berlin Brandenburg

grafit